U0781894

ⓒ 朱丹红 2019

图书在版编目（CIP）数据

一种相思，两处闲愁：李清照词传 / 朱丹红著 . 一沈
阳：万卷出版公司，2019.1
（万卷·人物）
ISBN 978-7-5470-5072-9

Ⅰ．①一… Ⅱ．①朱… Ⅲ．①李清照（1084-约1151）-传记②李清照
（1084-约1151）- 宋词 - 诗歌欣赏 Ⅳ．①K825.6②I207.23

中国版本图书馆 CIP 数据核字（2018）第 237123 号

出 品 人：刘一秀
出版发行：北方联合出版传媒（集团）股份有限公司
　　　　　万卷出版公司
　　　　　（地址：沈阳市和平区十一纬路25号　邮编：110003）
印 刷 者：辽宁新华印务有限公司
经 销 者：全国新华书店
幅面尺寸：145mm×210mm
字　　数：247千字
印　　张：8.75
出版时间：2019年1月第1版
印刷时间：2019年1月第1次印刷
责任编辑：朱婷婷
责任校对：高　辉
封面设计：范　娇
版式设计：范　娇
ISBN 978-7-5470-5072-9
定　　价：39.80元
联系电话：024-23284442
传　　真：024-23284448

万卷·人物

一种相思 两处闲愁

李清照词传

朱丹红 著

北方联合出版传媒（集团）股份有限公司

万卷出版公司

目录

1

3

4

序　言

每个人不过是天地间的过客，上演着属于自己的分分合合。当时间流走，便带走一段段如烟往事，太多的故事已经无法被人们记住，亘古流传下来的，都是那些被岁月勾勒成的美好剪影。

那些被岁月铭记的女子，大多经历了半生飘零。本书的主人公李清照，便是一位不肯与岁月和解的女子。她用手中的酒敬这世间的折磨，到最后，竟能安然与其对饮，诉说着自己的无悔与痴情。

印象之中，李清照的人生似乎总是关乎花间与美酒，花丛中与杯盏间，留下了太多的落寞与悲伤。于是，她的笔下，也就充满了惆怅。天地花草之间，有太多处留下了李清照的倩影，她无疑是深爱这个世界的，只可惜，这个世界太过凉薄，不肯给她最热切的馈赠。

风花雪月，是每个女子对人生最美好的渴望。清照也曾用诗词记录自己的欢喜与悲伤。无论团聚抑或分别，总能被她描摹得那样动人，透过她的笔墨，仿佛能看到一位身量纤纤的女子，执笔在素笺上撰写一段段过往。

也许，只有多愁善感的女子，才能写出这样婉约的词句。也许，她的容貌并不是最美，却无人可以否认，她的才华在古今女子当中依然算得出众。她的笔下，有她的欢畅，她的清愁，她第一次春心萌动，甚至还有爱情给予她最惨痛的击打。

　　然而，无论如何，李清照都从未对这个世界心生埋怨，哪怕是丈夫对自己的爱意逐渐减少，哪怕是经历了丧夫之痛，她依然能咬紧牙关，写下对政局动荡的不甘与期望。

　　于是，留在世人心目中的，是她倚门回首嗅青梅的美丽剪影，是她站立船头，吟诵"生当作人杰，死亦为鬼雄"的豪情。

　　没有任何一个词汇能为李清照的人生做一个总结。她的身上，既有古时女子的传统情愫，又有超越了许多男子的壮志豪情。她可以将日子过成诗，也可以在战火中奋不顾身地守护丈夫最最心爱的书籍与古董。

　　她曾拥有过最浪漫的爱情，却也遭受过爱情从指缝中流走的残忍。也许，丈夫的死，是这段爱情最美好的结局，让这段已经渐渐变得不堪的爱情有了一个还算凄婉的句点。就这样，她经历了悲欢离合，忍受了漫长的等待，却最终，难逃凄凉的宿命。

　　寻寻觅觅，凄凄惨惨戚戚，是她对自己后半生的无奈写照。江南的景色纵然再美，也给不了她期许的温暖。乱世之中，哪容许任何一人安逸偷生？太多太多无处倾诉的心事，只能寄托在词里与酒中。

　　即便如此，她依然倔强坚强地活了下去，不忸怩作态，不怨天尤人，不畏惧世间的一切残忍。曾经的她，婉约到了极致，后来的她，又倔强得让人叹服。

　　李清照的人生，大半是孤独了，当青丝变成白发，她反而忘记了如何去哭泣，反而用释然的心态回忆自己的一生离合。这样的她，让岁月都不忍心对她残忍，于是，她将自己的青春永远留在了文字里，当世人回想起她的世界，永远是最美好的月满西楼。

第一章

豆蔻 玉人浴出新妆洗

如梦闺中女子

　　流年似梦，光阴总是如此匆匆。时光的流淌，仿佛并非为了见证岁月的流转，而是要记取一段段剪影，让千载之后的人们，依然能读取一段被时间酝酿出醇香的故事，与故事中的主人公痴缠与共。

　　一席娉婷的身影，宛若从梦中走来。那段让她沉醉不知归路的梦境，便发生在被后人誉为盛世的北宋。

　　那是一段文风鼎盛的太平盛世，太多文豪云集于此时，为这段岁月书写出浓墨重彩的一笔又一笔。

　　佛家将人间称作"尘世"，那么，这一位即将降落于尘世的女子，注定以其纤弱之躯，俏丽之姿，将她所在的这一处尘世，装点成一处欲语还休的红尘。

　　安乐的年华，处处弥漫着寂静的美好。那是岁月对世人最深情的告白，如此一方净土，定能盛放出淤泥而不染的洁白莲花。

　　这一朵莲花，便绽开于一代文学家李格非家中。李家可谓书香世家，李格非的父祖辈，曾拜于北宋大学士韩琦门下。早在宋仁宗天圣五年（1027），韩琦便高中进士，先后担任将作监丞、开封府推官、右司谏等官职。在宋夏战争爆发之时，韩琦与范仲淹一起率军防御西夏，在军中建立起极高的威望。之后又与范仲淹、富弼等人共同主持"庆历新政"。在为相十年当中，韩琦辅佐了三朝皇帝，可以说，韩琦的运筹帷幄，为北宋的繁荣做出了极大的贡献。

韩琦的官名与文风，在北宋的百姓当中有口皆碑。因此便知，李格非的父祖辈能拜于韩琦门下，自然也绝非平庸之辈。

自幼，李格非便是聪敏之人，并刻意于经学。他的文章与著作，有许多都成为传世之作，其中最著名的，当数有数十万言的《礼记说》。

宋神宗熙宁九年（1076），李格非高中进士。起初担任冀州司户参军、试学官，之后又被任命为郓州教授。为官期间，李格非清廉爱民，就连郓州郡守都觉得李格非家中实在清贫，有意让他兼任其他官职，却被廉洁清正的李格非断然拒绝了。

在李格非看来，文学带给他的快乐，远非金钱所能比拟。"文不可以苟作，诚不著焉，则不能工"，便成了他常挂在嘴边的话。因其文章受知于大文豪苏轼，因此李格非与廖正一、李禧、董荣三人，被并称为"苏门后四学士"。

就是这样一个视文学如生命之人，在宋神宗元丰七年（1084），得到了一件让他此生甚为珍惜的珍宝。这珍宝不是别的，正是他刚刚降临于人世的女儿。

阳春三月，冬日的严寒早已退去，初夏的暖风徐徐吹入庭院，也送来了一阵阵婴儿嘹亮的啼哭之声。

这似乎是人间最美的季节，万物复苏，草木欣欣向荣。这是一个新生命到来的季节，李家的女儿便应着这美丽的时节呱呱坠地。

　　这是一个无比可爱的女婴，她的周身都是那样洁净，眼神中剔透得没有一丝杂质，仿佛一块无瑕的碧玉，静静地躺在褓袱之中。

　　父女之间的第一次见面，便让李格非认定，这个女儿，将承载他一生所爱。他虽清贫，却愿将自己最宝贵的一切都尽数送给女儿。对于李格非来说，他最珍贵的宝藏，便是他一生的学识。这些学识，也被他毫不保留地输入了女儿的血脉之中。就连李格非自己都从未想过，这个娇嫩得令人不忍触碰的女婴，日后会成为响彻文坛的一代女文豪。

　　在文人李格非的心中，从未有过所谓的男尊女卑之观念。因此，他对于女儿的宠爱溢于言表，仿佛只要女儿想要，他就愿意去为女儿摘下天上的星。李格非为女儿取名"清照"，也许，在这位父亲的心中，女儿比天上任何一颗星星都要明亮透彻。

　　出生在李家，似乎也是李清照的幸运。她不仅有一名拜于苏轼门下的父亲，更有一个才气十足的母亲。她的母亲王氏，是状元王拱宸的孙女，自幼便积累了极深厚的文学修养。因此，李清照从咿呀学语时，便能从母亲温柔的声音中接受诗书的熏陶。

　　牵着时光的手，在一行行文字中徜徉行走。不知不觉间，文学的种子已经在幼小的李清照心中生根发芽。自幼，她便饱读诗书，尤其对古诗文感兴趣。那诗词中优美的意境，正符合幼年清照的女子浪漫情怀。她尽情地享受着诗词赋予她的惬意，全然不用去思量在深闺之外究竟是怎样一个变化多舛的世界。

因为父亲在济南为官，这座泉城便成了李清照的故乡。她就如同济南城中的泉水，清澈而不失灵动。

李格非除了给女儿最好的教育，也尽自己所能让女儿无须为衣食发愁。就这样，在诗词的陪伴之下，李清照在无忧无虑之中度过自己的童年，并渐渐出落成一名袅袅婷婷的少女。

当成长来临，昔日的深闺便再也锁不住少女李清照的脚步。她喜欢到外面去行走，尤其是纵情投入到自然的怀抱之中。天地间的一切，总能赋予她极大的灵感。每当与大自然亲密接触，一首首优美的辞章便从李清照的心中流淌到了笔尖之上。

所幸，她的父母并不是迂腐之人。他们也不愿让深闺成为女儿唯一的生活空间，因此，只要在出门之前，李清照向父母禀告自己的去处，父母便会欣然应允，并叮嘱她早点儿回来。

李清照最喜欢到郊外去散步，那里总是有最清新的空气，能让她感受到自由的味道。在如此没有封建约束的氛围中长大，自然也塑造了李清照敢于挑战一切人间不平的个性。

少女的情怀，碰撞上郊外的自由空气，难免会演化成一首首婉约优美的辞章。那首流传于后世的《如梦令》，便出自少女时代的李清照之手：

如梦令

常记溪亭日暮，沉醉不知归路。兴尽晚回舟，误入
藕花深处。争渡，争渡，惊起一滩鸥鹭。

那一日，少女清照又像往日一般去郊外游玩。出门之前，
清照特意让随身的侍女带了一点儿家中的好酒，她觉得，美
景配上美酒，再也没有比这更惬意的事情了。

眼中的夏日盛景让她流连忘返，不知不觉间竟然徜徉到
日暮时分。当清照想起爹娘还在家中等待自己时，太阳即将
落山，侍女带的那一壶小酒也已经在溪畔亭中饮到见底。这
一日的游玩，清照十分尽兴，她知道，爹娘一定已经等得焦
急，该到回家的时候了。

也许是美景让人沉醉，也许是刚刚饮完的那一壶小酒起
了作用，清照从亭中石凳上起身时，竟然有些许的醉意，迷
迷蒙蒙之间，仿佛忘记了家的方向在哪里。她不禁嘲笑自己：
"今日真是玩得醉了！"

从溪畔回家，乘船是唯一的选择。因为迷蒙间有些辨不
清方向，清照竟然不小心将小船划入了一片荷花中央。水面
上层层叠叠的荷叶，让小船前行越发困难。一时间，清照也
有些焦急，想方设法要尽快渡过这片荷花盛开的区域，便更
加用力地划动船桨。没想到，她的用力惊动了正准备入眠的
一群水鸥和白鹭，它们发出阵阵叫声，扑扇着翅膀，仿佛在
责怪清照扰了它们的清梦，又似乎在嘲笑这名微醺的少女，
竟然辨不清家的方向。

这一幕引得清照哈哈大笑，即便是微醺迷路，也没能让

清照失了大好的心情。回到家中，她赶忙提笔将刚刚经历的这一幕记了下来，辞藻之间，没有任何雕琢，一派自然生动之景。

彼时的李清照，还是那样一位生动明快的少女。她的身上，从未被世俗蒙上半点灰尘，乃至她的整个人生，都活得那样真实透明。

人世间最快乐的事情，莫过于尽情尽兴地做着自己。少女时代的李清照，有幸享受到了这份欢乐，她也单纯地以为，人生，本就应该永远如同现在这般醇香旖旎。

从幼时起，每当想到好的词句，李清照总是第一个拿去给父亲分享。在她心目中，父亲并不单是个既威严又慈爱的形象，同时也是一位亦师亦友的长者。于是，当这阕《如梦令》写成，李清照没有将它藏起来独自赏味，而是立刻捧去给父亲评鉴。

父亲知道女儿的才华高于常人，却从未在心底为女儿打上"才女"的烙印。然而，这一次，他竟然捧着女儿的辞章反复读了多次，眼神从最初的平淡逐渐转变为欣喜。当他读罢辞章，抬头望向女儿，李清照分明从父亲的眼中看到了难以掩饰的闪耀光芒。

李格非为女儿的才华惊叹，这让他不禁定睛端详着已经成长为少女的女儿。从这一刻起，他终于意识到，女儿的才华注定无法掩藏，有朝一日，说不定会凭借这份才气成就一番大器。

于是，他将这阕《如梦令》带到当朝各位辞章名家面前，只不过，他没有向任何人提及这是自己的小女所做。读过这阕词的人，大多为词中自然流露的才华所惊叹，根本没人能够想到，如此一篇散发着些许豪气的辞章，竟出自一名闺阁女子之手。甚至有人以为，这阕词是李格非的老师苏东坡所作。

一时间，在当朝辞章名家当中，这阕《如梦令》迅速流传开来，许多人也都对这位才华横溢的神秘"才子"产生了诸多兴趣。

对于世人的褒奖，李清照并不清楚。即便是知道自己的才华得到了世人的认可，当时的李清照也丝毫不会因此让心绪掀起任何波澜。在她看来，诗词是表达自己内心真实想法的最好方式，她依然将自己的感受写入词中，记录下一段段无法为外人明说的少女心事：

如梦令

昨夜雨疏风骤，浓睡不消残酒。试问卷帘人，却道海棠依旧。知否，知否？应是绿肥红瘦。

冬日的残雪已经消融，转眼已是春日，庭院中的海棠花早已盛开。这一晚，一场春雨下得稀疏，风却一阵阵刮得紧。伴着风雨声，清照不知不觉饮下一壶美酒，随着沉沉的酒意，她渐渐睡去。一觉醒来，酒意尚未全消，侍女已经早起，正为清照卷起床畔的帘帐。睡眼蒙眬之中，清照最先想到的却是庭院中的桂花，用略显慵懒的声音，问侍女庭院中的海棠花怎么样了，是否被昨夜的风雨打落？

侍女笑着回答清照，海棠花依旧和昨天一样开得很好。

清照这才放下心来，却又忍不住告诉侍女："你知道吗？这个时节应该是绿叶繁茂，红花凋零了。"

侍奉清照多年，侍女早已了解她的个性。这位小姐，时而开朗活泼，时而却又说出一些伤感之语。侍女知道，清照是一位惜花之人。她是那样热爱自然赠予的一切，对于春日尤为喜爱。眼看春日接近尾声，她难免再次流露出伤感之情。

不过，侍女并不知道，清照昨夜在房中饮酒，只是不忍心看到海棠花谢，这似乎是她在逃避一些残忍的现实，却又在宿醉未醒之时，忍不住第一时间关心那些她不忍心看到的落花。

也许，少女的情怀总是伴随着矛盾和纠结的。她已经预料到，一夜骤风疏雨，那些柔弱的花朵一定不堪风雨的摧残，早已遍地狼藉，落花满眼了。她不忍心目睹如此凄凉的场景，因此才试图从侍女的口中一探究竟。

清照的不忍与纠结，全部凝结于一个"试"字当中。她询问侍女时的口吻是带着一些试探与期待的，虽然已经做足了海棠凋谢的心理准备，却还是希望从侍女口中听到那些花朵安然无恙的消息。这一点，侍女无法了解，在回答清照的问话时，显得有些漫不经心。因为，对于她来讲，那些海棠花并没有多么重要，唯有惜花的清照，才会因为海棠花的安然无恙放下一颗悬着的心。

放心之后，清照又有些埋怨侍女，怎能对春日将逝显得如此粗心。都说风雨无情，花朵的绽放却只是短短一瞬。她不禁想到了自己，如今镜中的容颜依然俏丽，奈何却像花朵一样，耐不住岁月的摧残。她多害怕有朝一日红颜老去，就像落花一样，不堪风雨的吹打。

　　女儿心事，无人能够猜透，就连整日侍奉在清照身边的侍女也无法揣度。清照唯有将心事写入词中，闲来无事时，自己去回味那些藏于词句之中的心事。

澎湃的才情　命定的约会

一页一页的书卷，承载了心底的淡然。清照享受这样波澜不惊的韶华，内心追随着一份安然。这是那段岁月独有的安逸时光，心底藏着一份清愁的清照，却总是唏嘘着光阴如梭，花期太短。

自从清照出生，父亲的官职屡经变动。他先是在清照两岁那一年，官至太学录，两年之后，又官至太学正。父亲是一名专心著述的官员，无心于当政，只专注于自己的分内之事。同清照一样，父亲最爱的就是徜徉于文字之间，因此，在那段时间里，李格非的文名渐渐显露出来。

元祐六年（1091），李格非凭借一手好文章受知于苏轼，官至博士。也是在那一年，宋哲宗临幸太学，李格非奉哲宗之命撰写了《元祐六年十月哲宗幸太学君臣唱和诗碑》。

当一切都看似在向好的方向发展时，年号的更迭却又为李格非的仕途掀起了波澜。公元1094年，宋哲宗将宋朝的年号更换为"绍圣"，那一年，便是绍圣元年。随着年号的更迭，朝中的官员也发生了变化。章惇成为当朝宰相，甫一执政，便倡导严刑峻法，并控制言论，在政治上贬斥旧党，在法令上恢复旧法，文化上又废除诗赋，吏治上改革官制，但凡非治科、进士、上舍生而入官之人皆罢之。

就在上任这一年，章惇立局编类元祐诸臣章疏，召李格非为检讨。李格非拒不就职，因此得罪了章惇，被章惇外放为广信军通判，从此远离清照母女，去往河北徐水就职。

好在这一场分别比较短暂，一年之后，李格非又被朝廷召为校书郎，著作佐郎，也终于借此机会，撰成了自己的传世名文《洛阳名园记》。

两年之后，李格非再次升官，担任礼部员外郎，前往汴京就职。当一切安顿下来，李格非决定，将清照母女接到自己的身边。

这是清照第一次离开济南，繁华的汴京并未让清照无所适从，她反而一下子就爱上了这里的喧闹与鼎沸，更值得她开心的是，从此刻起，就能日日守在父亲的身边，再也不用忍受一家人分别之苦。

这也是父亲的良苦用心，他不愿让女儿的才华被埋没，希望女儿在京城之地接触更多文学大家，真正感受浙派繁华盛世之景。

离开故乡，多少还是有一些伤感的。然而，对未知的好奇与渴望，很快便冲淡了那份伤感。清照并不知道等待着自己的未来是怎样的，究竟是一如既往的绚烂多姿，还是如同春雨打落的海棠一般遍地凄凉，她从未真正地思考过。

她更加不知道的是，命运将她从千里之外牵引至此，就是为了让她遇到命中注定的那份情缘。有一个她从未听说过的名字，已经在冥冥之中与她的人生紧紧联系在了一起。

父亲在汴京的公务十分繁忙，即便不需要为公务操劳之时，也总是要在家中接待许多朝中官员。有些是碍于官场面子不得不接待，有些则因为是同道中人而乐于相邀。

　　清照不是扭扭捏捏的闺阁女子，父亲也乐于在好友到访时将清照唤出来，让她与文人雅士谈论诗文，开阔眼界。

　　这样的生活是清照深深所爱的，她喜欢与这些年长自己许多的文人雅士高谈阔论，也从不扭捏地掩藏自己的才华。每当得了一些好的诗句，也会拿出来请几位长者评鉴。不知不觉间，清照的诗词又进益了许多，笔调之间也从稚嫩的小女儿情怀变得越发成熟雅致。

　　有时候，清照也会与几位长者进行诗词间的唱和。那几位长者不仅是文人雅士，更是朝中官员。他们关心政治，诗词中也难免会抒发出与局势有关的抱负与情怀。

　　一次，时任太长少尉的张耒在李家做客时，拿出自己刚刚写成的一首《诗中兴宋碑》与众人分享。早年间，以王安石为首的新党发起的变法因为触动了地主与官僚的利益，以失败告终。哲宗即位之后，又进一步将新法全部废除。作为朝中的有识之士，张耒等人不得不为朝政担忧，他们总是有一种隐隐的预感，如此太平祥和的局面，恐怕维持不了太久。

　　清照静静地听大家讨论朝政，又更加认真地品味《诗中兴宋碑》中的字句，诗的最后两句"百年废兴增叹慨，当时数子今安在。君不见荒凉浯水弃不收，时有游人打碑卖"深深地触动了清照的灵魂。

　　谁说忧国忧民只能是男子的责任，身为女子，她又何尝不关心时局，不希望这太平的光景能永远维持下去呢？可惜，一切繁花绚烂就像当年那庭院中的海棠花，一场疾风骤雨过后，最终会遍地凋零。

想到此处，清照提笔一连写下两首唱和之诗：

浯溪中兴颂诗和张文潜二首

其　一

五十年功如电扫，华清花柳咸阳草。五坊供奉斗鸡儿，酒肉堆中不知老。

胡兵忽自天上来，逆胡亦是奸雄才。勤政楼前走胡马，珠翠踏尽香尘埃。

何为出战辄披靡，传置荔枝多马死。尧功舜德本如天，安用区区纪文字。

著碑铭德真陋哉，乃令神鬼磨山崖。子仪光弼不自猜，天心悔祸人心开。

夏商有鉴当深戒，简策汗青今具在。君不见当时张说最多机，虽生已被姚崇卖。

其　二

君不见惊人废兴传天宝，中兴碑上今生草。不知负国有奸雄，但说成功尊国老。

谁令妃子天上来，虢秦韩国皆天才。花桑羯鼓玉方响，春风不敢生尘埃。

姓名谁复知安史，健儿猛将安眠死。去天尺五抱瓮峰，峰头凿出开元字。

时移势去真可哀，奸人心丑深如崖。西蜀万里尚能反，南内一闭何时开。

可怜孝德如天大，反使将军称好在。

呜呼，奴辈乃不能道辅国用事张后专，乃能念春荠
长安作斤卖。

这两首诗，句句都与当时的朝政以及历史的借鉴相关。
当时，朝中两派政治力量相持不下，高后专权，哲宗无能，
大官僚之间开始了肆无忌惮的争夺，朝廷俨然成了争权夺利
的战场。

清照在诗中提到的"浯溪"，位于湖南祁阳县。那里有一
处石崖，因为元结所撰的《大唐中兴颂》刻于那处石崖之上，
因此世人也称其为摩崖碑。碑上的文字记述了安禄山作乱，
最终由肃宗平乱，大唐最终得以中兴的历史，在清照看来，
那段历史，便可作为当朝天子的最好借鉴。

开篇一句"五十年功"，便提到了唐玄宗李隆基。他在位
时，在骊山设置了一处温泉宫，之后又将温泉宫改为华清宫。
唐玄宗生前最喜斗鸡，还专门挑选出五百名小儿，在他所治
的鸡坊养鸡。就连皇帝都如此玩物丧志，满朝上下也大多是
不务正业之人。

这些人生活奢华，如同活在酒肉堆中。忽然之间，胡兵
打来，被唐玄宗派去镇压胡兵的安禄山，本是一名野心勃勃
之人，最终，胡兵还是打入长安城，在唐玄宗用于赐宴的勤
政楼前如履平地。

当人们谈起唐兵溃败的原因，无不责怪深受唐玄宗宠爱
的杨贵妃。因为杨贵妃喜欢吃荔枝，唐玄宗便让人马骑乘数
千里，专门为杨贵妃运送荔枝。许多马匹都因运送荔枝而累

死，这才导致战场上没有健壮的战马。

清照觉得，身为皇帝，如果真的有尧帝与舜帝那样的功德，无需用文字记载，也会被后人铭记。那些以刻碑的方式为皇帝歌功颂德的行为简直浅陋无比。平定安史之乱的郭子仪与李光弼，才是真正的有功之臣，根本无须任何质疑。夏朝与商朝的覆灭，都清清楚楚地记载在竹简古籍之上，都应该成为当朝的借鉴。玄宗时期的宰相张说，被认为是当时最善于谋算之人，然而，却最终败给了已经死去的姚崇。可见，纵然机关算尽，又有何用？清照也是在暗讽朝中党争不断的两派官员，与其为了利益互相倾轧，不如齐心协力，避免重蹈历史的覆辙。

那座曾经被世人传颂一时的中兴碑，如今已经遍生荒草。那些负国的奸诈之人，根本不值得人们去记住，应该值得祭奠的，是像郭子仪与李光弼那样的有功之臣。

当年的杨贵妃，是那样宠冠后宫，杨家三姐妹，每人都获得一块封地。朝中上下，无人敢对杨贵妃不敬，唐玄宗与杨贵妃击鼓作乐之时，就连吹风都不敢起尘埃。

安史之乱早已过去多年，开元这个国号也早已成为历史。不过，纵使历史演变，却总是有一些深不可测的奸诈之人。他们不知为国分忧，只知道为自己谋利。难道他们不知道，当年安史之乱之时，就连唐玄宗也不得不出逃至西蜀吗？

西蜀虽远，唐玄宗最终还是返回了长安。然而，即位的肃宗却只将其安置在西内，再不得干预朝政。

唐肃宗即位之后，重用阉人李辅国，导致李辅国权势日益显赫。他与张皇后勾结专权，引来朝中官员怨声载道。人们只知责备唐玄宗当年宠信高力士，却不知去责备唐肃宗宠信李辅国与张皇后之弊。

一介女子，竟然对政治有如此高深的见解，以如此诗文针砭时弊，清照的才华引得张耒等人深深的叹服。面前的这名纤弱女子，已经再不能当作普通女子来看待了。

都说女子如花，此时的清照，却早已不是柔弱得不堪一击的海棠。她更像傲雪盛放的寒梅，在最凛冽的季节里，不与群花争艳，释放着独有的清冷馨香。

岁月静好　难掩清愁

　　静默的时光，见证着流年的悲喜。芳华是那样美好，却也是那样短暂。岁月从不刻意厚待任何一人，它时而送来一片明媚，时而又裹挟着一缕潮湿。于是，生命中的每一个段落，便在岁月的更迭轮回间匆匆流逝。

　　清照的女子豪情，已经赢得了父亲的一众好友的欣赏。他们总是在外人面前盛赞李家女儿的才华横溢、聪颖过人，引得世人总是想对清照的最新词作一睹为快，更有人想方设法要一睹清照的芳容。

　　外界的盛赞，在清照眼中却是那样云淡风轻。她从不刻意去寻求他人对自己的溢美之词，也从不刻意避免在外人面前露出真容。她就是这样一名我行我素的女子，只要她愿意，天地间的任何地方都可以承载她的脚步。

　　她还如同以往一样，在家里待得烦闷了，就带上侍女外出散心，在大自然中汲取诗词的灵感。父亲与好友外出时，也喜欢将清照带在身边。他赋予了女儿无拘无束的个性，却从未想到，在那个女子无才便是德的年代，一名极度聪颖的女子，也注定比无知之人承载更多的忧愁。

自从来到汴京，转眼又是一个春日。这是清照最喜欢的季节，空气中充满了青草的清新与花朵的甜香。

　　在汴京，清照也结识了许多与自己年龄相仿的女子，她们大多来自书香门第，或是名门闺秀，言谈之间与清照有许多相似之处，于是便自然而然地成了好姐妹。

　　寒食节将近，在宋朝，女孩子们都热衷于在寒食节斗百草的游戏。迎着盎然的春意，女孩子们走出闺阁，结伴走向园林之中，竭尽所能地搜集各种奇花异草，再拿来相互比赛，既是展示一番自己在花草方面的学识，也当作一场欢乐的游戏。

　　以前，清照也热衷于斗百草的游戏，可不知为何，今年的她却没有如此好的兴致。最近以来，她总是觉得心头笼罩着一抹淡淡的忧愁，却又说不清楚这忧愁究竟来自何处。年近十八岁的女子，正似含苞待放的花朵。清照并不知道，自己的内心已经开始渴望一位爱花之人，能将她捧在手中悉心呵护。

　　既然没有外出的兴致，清照索性留在家中午睡。一觉醒来，春光依然明媚，闺房中的玉炉中依然升腾着袅袅清香。这是侍女帮清照点的香，极其名贵，据说可以清心安眠。也许是这香的确起了作用，清照觉得这一觉的确睡得很沉，就连头上的花钿掉落于枕上都未感觉到。

　　她轻轻推开闺房中的小窗，一阵女子的嬉笑之声从窗外飘入。原来是邻家的女孩子们在斗草，她们边玩边笑，好不热闹。

　　大好的春光似乎总是短暂，过午时分，天空中落下淅淅沥沥的春雨。邻家的女孩子们一边笑闹着纷纷跑回家中，唯有清照，还呆呆地看着春雨将院中的秋千一点一点打湿。当雨水停住，已经日近黄昏了。

看到书案上的笔墨，清照随手将自己的心事写于纸上：

浣溪沙

淡荡春光寒食天，玉炉沉水袅残烟。梦回山枕隐花钿。

海燕未来人斗草，江梅已过柳生绵。黄昏疏雨湿秋千。

短短的六句词，却分明勾勒出六幅画面。每个画面所展现出来的场景，又不仅仅只有一个，有些画面，甚至同时出现两三种事物。也许是因为每一个场景都是清照由心内所感，因此，每一句词都能如此完美地融合到一处，最终形成一幅极其和谐的画卷。

清照笔下的春景，依然是舒缓荡漾的。落笔之时，她不禁想到了寒食节的由来。据说，在春秋时期，晋国公子重耳因为担心后母陷害，逃出晋国。在逃亡期间，介子推一直跟随在重耳身边，不离不弃。重耳因为没有食物充饥饿到昏倒，介子推就割下自己腿上的肉熬成肉汤给重耳喝下。当重耳最终返回晋国，成为晋文公之后，介子推却从此隐居山林，不肯出仕。

晋文公希望用大火烧山的方法将介子推逼出来，没想到，介子推怀抱一棵大树，坚持不出山，被活活烧死。悔恨不已的晋文公为了悼念介子推，便将介子推死去之日定为寒食节。从这日起的三天时间里，全国上下严禁烟火，一律以寒食果腹。

邻家女子的笑闹声仿佛犹在耳畔，她们是否想过，这个节日的由来竟然如此惨烈？也许，唯有漫天的柳絮，每年都能在这个时节准时地为介子推祭奠吧。庭院中被雨水打湿的秋千，也更增添了几分黄昏的凄凉之感。

清照一面为介子推死得惨烈而唏嘘，一面又舍不得这稍纵即逝的春光。如果不是这宜人的春光，配上上好的沉水香，自己刚才的这一觉一定不能睡得如此安稳。从睡梦中醒来的一刹那，清照觉得闺房之中被春光笼罩出一派温馨的氛围，也正是因为这一刻的温馨，才让她在下一刻有了难舍春光的悲伤。

那个下午，有好半天，清照都是在发呆中度过的。她先是凝望着宜人的春景出神，又突然之间想到，已经到了寒食节，为什么还没有见到燕子飞来呢？花期已过的江梅，以及漫天飘扬的柳絮，分明代表着春日已经过半，一想到春天很快就要结束，不知为何，清照竟然心生寂寞之感。

她知道，这份寂寞的情愫，绝非是因为在闺阁中无聊度日导致的。她有许多谈得来的好姐妹，也有许多志同道合愿意同她探讨诗词的文雅长辈，更有亦师亦友的父亲给予她无边的疼爱。清照也不禁疑惑，这份寂寞，究竟源于何处？

也许，是那无忧无虑的年华，到了一去不复返的时候。

忧愁袭来的时候，美酒便成了最好的解忧之物。微醺的醉意，仿佛能让清照回到无忧无虑的童年，完全不知忧愁为何物。恰到好处的醉意，更能让她偶得神来之笔：

浣溪沙

莫许杯深琥珀浓，未成沉醉意先融。疏钟已应晚来

风。

瑞脑香消魂梦断，辟寒金小髻鬟松。醒时空对烛花

红。

唐代诗仙李白，曾在《客中行》一诗中写道："兰陵美酒郁金香，玉碗盛来琥珀光。"此刻，清照的手中也恰好有这样一杯色如琥珀的美酒，夜色渐浓，琥珀色的酒液中盛满了夜晚的寂静。

清照轻轻抬手，微微仰了仰头，便将这杯美酒饮下。她已经记不清这是今日饮的第几杯酒，只觉得自己并没有醉，反而有一种飘飘然的舒适之感。

夜晚的风，有一下没一下地从窗口吹进来，远处的钟声也如同这晚风一样，有一下没一下地敲着，节奏是那样稀疏。伴随着这不成节奏的钟声，清照轻声地哼起了一首小曲。也许是因为半醉，小曲每一句的尾音，都被清照拖得婉转迷离，别有一番韵味。

侍女每日都会在清照的闺房中熏香，也会着意根据时节与清照的心境变换熏香的品种。这一日，房中正熏的是瑞脑香，这是一种产于交趾国（今越南）的香料，形状如同蝉蚕，十分名贵。

清照向来是不屑于用那些廉价的香料的。在她看来，好

的香料就像好的诗词，不在乎数量的多少，哪怕偶得一句，也值得去品评与回味。那些廉价的香熏得多了，只会让人沾染世俗之气，这是最令清照鄙夷的气质。

廉价的香料发出的香气，熏得久了，会让人头痛。名贵的香料则不一样，闻上一会儿，会让人产生精神放松之感，一阵困意袭来，清照有些想睡了。她用略显轻飘的脚步，走到了妆台之前缓缓坐下，轻轻地拆卸着头上戴着的钗环。

清照记得，从小就听人说昆明国有一种鸟，嘴里会吐出如同粟米般大小的金屑。将这些金屑收集起来，可以打造成金器或是首饰。人们将这样的首饰称作辟寒金。清照不知道这传说究竟是真是假，也从未真正见过用鸟嘴里吐出的金屑制成的首饰。一抹笑意挂在清照的脸上，她轻声地自语道："若是真有辟寒金，倒真的想见识一番。"

当最后一根钗环卸下，清照的一头秀发如同瀑布般披散下来。也许是酒劲上来了，睡意更加浓厚，她一头倒在床上，便沉沉睡去。

可是，这一觉却睡得并不安稳，仿佛总在迷迷糊糊地做一个梦。当清照从梦中醒来，发现依然是深夜时分。她静静地坐了起来，发了会儿呆，想要试着回想起梦里的场景，却无论如何也想不起来。

眼前跳跃的烛火，打乱了清照的思绪。她不禁将视线转到烛火上，看那烛火不知忧愁地欢欣跳动。突然之间，一支蜡烛爆出一朵烛花。清照常听老人们说："灯花爆，喜事到！"难道今夜的灯花也在预示着即将有什么喜事来临？

可是，虽然想不起刚刚的梦境，她却分明记得，这是一个不快乐的梦，因为她是从不快乐中醒来的。此刻绽放的灯花，岂不是与刚刚的梦境相矛盾？清照不知自己究竟该相信哪一个，心头的这份纠结之苦，却又无法对外人明说。

她将这份情愫写于纸上，字里行间也都是含蓄蕴藉之词。正因无法明说，反倒让这首词增添了婉约的美妙之感，婉约二字，也成为清照日后词作的一大特色。她的伤春悲秋，全然成了性格中最动人之处。她的文字，越发委婉含蓄，无论是喜乐还是悲愁，都从不在文字中明说，而是借由他事他物，令品读之人自己去细细体会。

清照的视线无意中扫到桌面上，一杯残酒依然安放在桌面上，那是清照在临睡前尚未饮完的酒，此刻已经放冷了。其实，清照这次喝得并不多，也许是因为愁绪作祟，让心醉了。

此时依然是深夜，清照无事可做，只得又重新躺回床上。她试图让自己睡去，却翻来覆去难以成眠。这漫漫长夜，如果毫无睡意，该怎样度过啊？

清照是心细如发的女子，因为敏感，所以多愁。短短一首小词，蕴含了多少寂寥与哀怨，一句"香消魂梦断"，便将清照自己梦寐难成的状态描写得淋漓尽致。借用这些与心事完全无关的事物，却将自己的心事衬托得如此明了。这就是清照的内心世界，典雅而又富丽，平静而又忧愁。

能用弦外之音打动人，才是诗词最深远的意境。闺阁女子李清照，却已经做到了这一点，许多在文学上研读了多年的老学究，写出的诗词尚不如清照的灵动。也许，李清照是天生的诗词大家，她的辞章精妙之处，就在于能够悄无声息地撩动读者的心弦。

没有人能说得清，清照的这首词，究竟是否在思念某个人。其实，就连清照自己也说不清，这份莫名其妙的朦胧愁绪究竟来自何处。那些难以辨析的愁绪，总是困扰着她的心境，让她心神不宁，甚至不能痛快地醉一场，也再难进入一段美妙的梦境。

其实，这不过是青春少女的思怀之情，这份情愫，源于寂寞，而这份寂寞，也唯有那个能走进她内心的人才能去排解。

只不过，以清照当时的年纪，根本无法看破。于是，她任由这份愁绪搅得她百无聊赖，总是在不经意间发出深深的叹息。平时活泼好动的她，也变得不那么爱说话。她想要摆脱这份愁绪，却又似乎有些享受着这份忧愁。

父亲看着女儿变得有些寡言，不免有些担忧。可是，女儿心事，却无法对父亲明说，父亲也不好过多询问。他暗自思量着，也许该为女儿的终身大事好好思考一下了。

重帘未卷的心门

一副娇俏的容颜，足以醉了君心；一帘闺阁幽梦，飘入解不开的心门。千里流云，带来了凉凉的秋色。四季的轮转是如此之快，仿佛前几日还是满庭海棠花开，如今又到了荷花即将凋谢的时节。

时节的变换，总能让清照的心头涌现出大小不一的波澜。荷花从盛开到凋谢，预示着秋日即将到来。不知为何，秋天总是给人一种凄凉之感，也许是因为整个世界的姹紫嫣红，都将随着秋日的到来而变成一地枯黄。

好在，盛开的荷花是值得欣赏的景致，她既为即将到来的萧索感到悲伤，也不愿辜负眼前的现世风光。带着略有波澜的心境，她还是愿意将日子过得波澜不惊。世间万物种种细微的变化，都没有逃过清照敏锐的双眼，又被她化作唯美的词句，留诸笔端纸上：

双调忆王孙

湖上风来波浩渺，秋已暮、红稀香少。水光山色与人亲，说不尽、无穷好。

莲子已成荷叶老，清露洗、蘋花汀草。眠沙鸥鹭不
回头，似也恨、人归早。

这一日赏荷，让清照回想起上一次酒醉之后误入藕花深
处的场景。不过也就是短短一两年光景之前，如今的清照虽
然还是那个明媚欢快的少女，眉梢眼角之上却笼罩了一抹淡
淡的清愁。

当时的欢声笑语犹在耳畔，回想着曾经的经历，让清
照此刻的心境也开怀了许多。她的眼前是空阔无边的湖面，
微风轻拂，只觉那波光更加浩渺，更让她心生豁然开朗之
感。

秋高气爽的天气，一派风和日丽。辽阔的湖面平如明镜，
一丝波澜也无。这样的湖水，给人一种平和宁静之感，不经
意间的一阵清风吹过，原本平静的湖水被吹起阵阵涟漪。细
小的浪花为湖水增添了几许褶皱，湖水仿佛一下子活跃了起
来。这一切都是风的功劳，它让湖水变得亦静亦动，一下子
就有了生命力。

此时正值暮秋时节，百花凋零，空气中早已没有了浓郁
的花香。清照轻轻摇头，深深地吸了吸气，只能闻到淡薄的
香气，看来，秋天也就快过去了。

这淡淡的香气，就是湖中的荷花散发出来的。因为荷
花已经开始凋残，因此这香气才如此清淡。断断续续的余
香，从湖中残存的点点荷花中散发出来，随着湖面上的微
风，缭绕到了清照的鼻端，也让清照感受到了一派秋日萧
索之象。

然而，湖面上的秀丽风光，却丝毫没有被萧索的景象破坏。面前的水光山色却无论任何季节都是那样可爱，虽然在暮秋时节，湖光与山色呈现出些许的变化，但那褪色乃至凋零的荷花，映衬着不远处的群山诸峰在湖水中的倒影，再配上遍山的红叶与湖边的垂柳，又何尝不是一番更加妩媚的景象！

　　在大自然的怀抱中，清照能感觉到山水与自己是那样亲近，那种美妙的滋味，就连清照自己也无法用语言去进行准确地描述。

　　此情此景，清照已经陶醉其中。她的心中是那样愉悦与开朗，因为自己偏爱湖光山色，所以才觉得它们愿意与自己亲近。

　　随着莲子的成熟，湖面上的荷叶已经开始衰老。此刻正是清晨，露水尚未蒸发，还停留在水中的蘋花与汀上的水草之上，将这些花草洗涤得纤尘不染。

　　这些老去的荷叶，正是暮秋时节已到的证明。就连荷叶都已经老去，荷花又能残存多少呢？不过，清照的好心情并没有受到丝毫影响。她反而替水面上的蘋花与汀上的水草感到高兴。在莲花盛开的时节，这些弱小的花草被大片的荷叶覆盖着，从没有机会得到露水的滋润。如今荷叶凋残，它们也获得了晨露的偏爱，长得越发茂盛，青翠欲滴，为暮秋时节的湖面增添着色彩。

　　不过，清照却不打算在这里久留，老去的荷叶，已经开始渐渐显露出衰败之相。清照担心自己停留得太久，会将隐藏在心底的愁绪牵引出来。

于是，她带着侍女朝着回家的方向走去。一路上，树上的鸣禽都在叽叽喳喳地欢叫。然而当清照途经一处湖畔沙滩之处，忽然发现有水鸟在那里栖息。清照微笑着朝水鸟挥了挥手，希望水鸟能给自己一些回应作为道别。可是，那水鸟竟然懒得回头看她一眼，清照不禁自嘲，也许是水鸟怪我离去得太早吧。

不过转念一想，也许并非水鸟在责怪自己，而是这湖光山色太美，水鸟也一时贪恋住了，因此无论清照怎样呼唤，都无法引得水鸟望向自己。这些水鸟常年生活在这里，来往的游人都喜欢逗弄它们，久而久之，水鸟们都变得不怕人，时长与游人们和谐地玩在一处。

认为水鸟责怪自己，是因为活泼的清照已经将水鸟当成了自己的好友。其实，她又何尝不留恋这样的美景，只不过到了不得不离去的时刻。

虽然遭到了水鸟的"责怪"，清照那一日的心情还是很愉悦的。尤其是书上的鸣禽与沙中安眠的水鸟，更是形成动静相宜之感，让清照极尽赏游之乐。于是，她将那一日的情形描写得那样富有生命，只因在那片湖光山色之中投入了极大的感情。

年轻的清照越发显示出不同于凡俗的情趣，就连水鸟在她的笔下都变得拥有了细腻传神的情感，如同小孩子一般，也有了懂得撒娇与责怪的个性。

她用词的上半阕，写出了湖光山色的美好，又用下半阕，写出了自己对这份美好的眷恋。唯有纤尘不染的心境，才能在自然的怀抱中达到忘我的境界，将自己的全部感情都融入景色当中。

清照在纸上勾勒的，已经不再是简单的文字，更像一幅绚烂夺目的晚秋景色图。在清照的笔墨之间，秋日的湖面具有生动鲜明的色彩，又不失生活气息，再加上少女清照的渲染，又增添了几许诗情画意。

在父亲李格非的同僚之中，有一位盛名享誉南北的大文豪——晁补之。他与清照一样都是山东人，写得一手温润飘逸的好文章，每篇文章都一气呵成，如同天成一般。大文豪苏轼在读过晁补之的文章之后都不免惊叹："博辩隽伟，绝人远甚，必显于世。"

就是这样一位获得无数盛赞的大文豪，却偏偏对清照的才气赞不绝口，更十分珍惜清照的聪敏。清照的许多文字，都得到过晁补之的评鉴与指点，因此，清照的辞章风格也受到晁补之极大的影响。

清照的这阕《双调忆王孙》写成之后，依然如同往常一样请晁补之评鉴。晁补之反复读过几遍之后，深感整首词有行云流水之势，读罢之后还能留下美妙的回味。在女子当中，如此好的辞章本就不多见，更何况，清照还如此年轻，便能将诗词勾勒成画面，让读者感受到画中有词的境界。

从此，晁补之更是逢人便夸李府才女清照。聪慧过人的清照也知道，自己周身的气质，与许多凡俗女子相比，是截然不同的。就像冬日盛开的梅花，偏偏喜欢错过夏日的花期，不与百花争艳。清照越发觉得，自己就如同这梅花一般与众不同：

渔家傲

　　雪里已知春信至，寒梅点缀琼枝腻。香脸半开娇旖
旎，当庭际，玉人浴出新妆洗。

　　造化可能偏有意，故教明月玲珑地。共赏金尊沈绿
蚁，莫辞醉，此花不与群花比。

　　写下这阕词，正逢寒梅盛放时节。在李清照眼中，盛放
的梅花，虽然覆盖着层层白雪，却已经透露出春日将至的信
息。那一簇簇火红的颜色，将白雪皑皑的世界装点得更加美
好。与此同时，冰雪也将梅花的枝条凝结得如同美玉一般，
也将原本清瘦的梅花显得细腻光洁。一个"腻"字，便完美
地诠释出了雪后梅枝粗肥光洁的样貌。

　　她忍不住将鼻尖凑向梅花，一阵阵清冽的甘香袭来，如
同女子脸上敷着的香粉所散发出的香甜味道。能够散发出这
样清淡的香气的，是那些半开着的梅花，而那些盛放的梅花，
也仿佛如同刚刚出浴的少女一般洁净美好，呈现出旖旎的柔
美姿态。

　　开于冬春之交的梅花，最能预示春天的到来。它能为世
人带来新生的希望，许多人都将斗雪迎寒而开的寒梅当作报
春之花。

　　吟咏寒梅的清照，没有忘记将冰雪作为梅花盛开的背景。
半开的梅花，仿佛是被冰雪覆盖的梅枝的最好点缀。犹抱琵
琶半遮面的姿态，也更能令世人感受到将开未开的梅花的娇
美之姿。

　　李清照觉得，这天地也如同她自己一般，偏爱这娇艳的

梅花。为了让梅花显得更加妩媚，就连月光都比往日更加清澈皎洁。玲珑剔透的月光遍洒庭院之中，让李清照的诗兴与酒兴大发。她命侍女取来美酒，要与梅花共饮一番。如此美好的夜晚，如果不尽兴醉一次，岂不是白白浪费掉了？要知道，天地间的任何一种花朵，在梅花面前，都要逊色许多呀！

其实，这分明是李清照在以梅花自比。她既是在赏梅，也是在自伤。她举起酒杯，既是敬梅花，也是敬如同梅花般不与世俗争艳的自己。

那一晚，李清照将自己融入梅花丛中。梅花能斗雪迎寒而开，她也能与世间的一切污秽抗争到底。

月下的梅花，更加玲珑剔透，暗香浮动。花丛中一名翩跹少女，举着酒杯，在月光的映射下，如同玉人一般美好。在那一刻，岁月也凝刻下这一动人的剪影。

上半阕，是清照在吟咏寒梅，称赞梅花的光润明艳，玉洁冰清；下半阕，是清照在描写月下赏梅的自己，用梅花自比，又用月光、美酒、梅花、赏梅人勾画出一幅梦幻空灵的场景。

李格非不得不承认，女儿对遣词用句，已经到了炉火纯青的地步，几乎可以用出神入化来形容。

当世人读到这一阕咏梅词，无不为此句中表现出的高雅情趣所折服。李清照将自己的高雅与悠闲完美地倾注到梅花之中，又将梅花的孤傲品格天衣无缝地与自己的个性结合到一起，是那样的形神兼具。

更有人觉得，清照的这阕《渔家傲》，不仅描绘出了梅花妍丽丰逸的姿态，更表现出了清照自己超凡脱俗的情致。她是高贵的，也是优雅的，她笔下的梅花，有着同样的高贵与典雅。也许，正因为将自己的情感投入到了诗句当中，李清照才能在文字之间尽情地挥洒自己的才情。

第二章

情至 倚门回首，却把青梅嗅

续前世未了之缘

少女情怀，本就是最美的诗篇。几许天真，依然挂在稚气未脱的脸庞，清纯的笑靥，如同一捧清冽的甘泉，任谁看了，都沁入心脾，透出几许清凉。

才名日益远扬，虽并未让清照的心底掀起一丝波澜，却引来了许多想要一睹清照芳容的人。能够让大文豪晁补之与张耒赞不绝口的女子，该有怎样的才情与容貌？一些名门世家虽未见过清照其人，就已经迫不及待地想要将这位正处二八年华的才女纳为家中一员。

于是，前来说媒的媒人，险些踏破李家的门槛。对于京城中每一个尚未婚配的公子而言，出身于名门，又具备无限才情的李清照，无疑是作为妻子的最佳人选。

然而，孤傲如清照，又怎么可能随便对一人展露笑容？她的诗词，那些公子们只要想读，总有办法能够弄到，可是她的内心，却不是每一个人都能轻易走进的。

这种似近却远的缥缈，让李清照在公子们的心中又增添了几分神秘。每个人都想要亲手揭开笼罩在这名才女周身的神秘面纱，于是，他们请来的媒人，更加如同比赛一般，争相报出主家愿意支付的礼金，仿佛这是一场竞买，出价高者便能获胜。

他们看着清照的才情，却低估了她的心气。如清照这般不肯沾染世俗尘埃的女子，哪堪为铜臭污秽了自身？那些给出礼金越高的公子，越是遭到清照的鄙夷。她真正期待的姻缘，与金钱无关，只求那一个对的人，能一眼看透自己的内心，走入自己的心门。

父亲自然最了解女儿，他同样希望女儿的姻缘，能够因爱而生。所谓名门望族，千金聘礼，不过都是一场虚华。如果女儿愿意对一人付出真心，哪怕他一无所有，女儿也会此生甘愿。

李清照清晰记得，自己最美好的年华里，有太多的记忆都停留在庭院中的秋千之上。深闺女子，与外面的大千世界之间总有一道厚重的院门阻隔着。于是，那一架秋千，便成了李清照最重要的情感依托。

开心时，她喜欢随着秋千轻盈地在半空中飞舞，将太多的欢笑洒落庭院之中，被滋润着的庭院中的花草都绽开笑颜；难过时，她依偎在秋千之上，将自己的少女清愁向秋千一一倾诉。那秋千也仿佛善解人意，悠悠地轻摆，仿佛在给予这位多愁善感的少女轻柔的爱抚。

于是，李清照的词中，便少不了秋千的身影。只因那秋千之上，曾经停留过她少女岁月的青春飞扬，与浪漫低愁：

点绛唇·蹴罢秋千

蹴罢秋千，起来慵整纤纤手。露浓花瘦，薄汗轻衣透。

　　见客入来，袜划金钗溜。和羞走，倚门回首，却把
青梅嗅。

　　提笔之时，李清照显然已经停止与秋千的嬉戏，可是
心绪却依然没能从刚才的愉悦中平复下来。一个"蹴"字，
就将少女李清照如同孩童般的顽皮出卖。所谓"蹴"，是
"踏"的意思。显然，刚刚的李清照并不是像一般的女子一
样坐在秋千上摆荡，而是用双脚站立在秋千之上，用尽全
身力气将自己摆荡到最高，体验秋千带着自己翱翔天际的
快感。

　　荡秋千时，她的身心是那样愉悦。一头青丝随着秋千的
摆动，在空中舞出自由的姿态，比世间任何舞姿都更加美妙。
她的衣袂迎风轻扬，让她整个人显得如同一只轻盈的燕子，
在空中自在地飞舞。

　　那一刻的李清照，觉得与秋千相伴便是人生中最快乐的
事情。于是，她将全身心投入到与秋千的游戏之中，直到用
尽最后一丝力气，才恋恋不舍地停止了摆荡，走下秋千。

　　她的身体略显疲累，内心却欢快异常。刚刚因为秋千荡
得太高，她不知不觉地加紧了握住秋千绳索的力度。直到从
秋千上下来，才发觉一双纤纤玉手因为刚刚太过用力，有些
许的酸痛。于是，她轻轻地活动着自己的双手，带着些许慵
懒的姿态，脸上的红晕却掩盖不住少女独有的娇憨。

　　少女的香汗，已经打湿了她轻薄的衣衫。她不禁有些嘲
笑自己，为何刚刚荡秋千荡得如此卖力。一旁的丫鬟也赶上

前来，用罗帕轻轻地擦拭着她额头上停留的晶莹汗珠。李清照有些不好意思地对着丫鬟露出一抹娇憨的笑容，她的笑容是那样美，一旁盛开的夏花仿佛都因此暗淡了几许颜色。

额头上的汗珠，就仿佛最娇美的花瓣上停留的露珠。一句"露浓花瘦"，也将此时正处春日的清晨告知给世人。

整首词的上半阕，没有一词描写荡秋千的场景，却用一个个静态的场景，将刚刚发生的动态情节完美地烘托。李清照的词情，从少女时期便已经显露无遗。难怪，有一个人，自从读过她的词，便开始在心中勾勒出她的影子，并从此再也不能忘怀。

那个人，就是赵明诚，那个与李清照的名字一生牵绊在一起的人。有人说，赵明诚与李清照此生的相恋，是在续前世未了之缘。也许，此话自有一定的道理。否则，为何曾经开朗不知忧愁的李清照，在一见到赵明诚之后，便立刻懂得了什么叫作少女的娇羞。

词的下半阕，便已经出现了赵明诚的身影。那句"见客入来"中的"客"，便是"不速之客"赵明诚。他前来李府拜访时，李清照刚刚从秋千上下来，连鞋子还没有穿，只穿着袜子站在原地，懒懒地不愿动弹。

赵明诚的身影，便在此时"不合时宜"地出现。那是一个李清照从未见过的陌生身影，父亲自幼教导，女子不得轻易见陌生之客。于是，出于守礼，李清照慌乱地想要逃离花园。她是那样匆忙，甚至来不及穿上鞋子，便匆匆朝花园之外跑去。她的一头青丝早在刚才荡秋千时便有些许的松散，因为懒得动弹，便未曾整理。如今匆忙一跑，头上的钗环便彻底松脱，叮叮当当地坠落在地上。

然而，在匆忙避客之时，李清照还是忍不住好奇地回头看了一眼那人的模样，只这一眼，便已叫她终生难忘。多年以后，李清照依然清晰地记得，那是一位翩翩少年，俊美的容颜一下子便烙印在了李清照的心底。

多年以后，那位翩翩少年也无法忘记，那个还来不及掩饰满脸欢乐之情的少女，在匆忙逃离之时的回眸一瞥。那是他此生见过的最与众不同的女子，从那一刻起，他便认定了一生都要与这清新脱俗的女子相伴。

因为这回眸一瞥，李清照的脸颊立刻染上了一层浓浓的红晕。那是少女心扉初打开的一刻，就连逃走的姿态，都笼罩了一抹娇羞。

当终于逃回自己的闺房，李清照早已跑得气喘吁吁。她靠在门边休息，眼前却挥之不去那少年的容貌和身影。越是想着那名少年，脸上的红晕就越是加深了几分。一旁的丫鬟仿佛看出了李清照的不对劲儿，李清照也从丫鬟的眼神中看出了自己的失态。于是，她假装回头去嗅一枝青梅的芬芳，来掩饰自己的尴尬，却又意外地发现，从此处刚好可以远远地望见那少年的身影。

于是，李清照便长久地嗅起了那枝青梅。旁人只知这位小姐又犯起了痴态，却不知她的心思早已飘到了那少年的身上。

李清照哪里知道，少年的心思，也早已缭绕在她身上。他的情思，便源自李清照在两年之前写下的一首小词：

浣溪沙

　　小院闲窗春色深，重帘未卷影沉沉。倚楼无语理瑶琴。

　　远岫出云催薄暮，细风吹雨弄轻阴。梨花欲谢恐难禁。

　　其实，少女哪里知道什么叫作愁滋味。少女时期的李清照，虽看似多愁善感，却依然不过是少女的百无聊赖。

　　写下这首词时，她正在重帘未卷的闺房之中无聊度日。那时春色正好，李清照却只能遵从父命，不能跑到大门外去玩耍。于是，她觉得白白浪费了大好的春色，最美的春景似乎都与她没有半点儿关系。

　　为了打发时间，她让丫鬟拿来一把琴，想要将满腹的无聊借由琴音打发掉。不承想，心思无法沉静，就连指尖的琴音都乱了节奏。

　　无奈之下，李清照只得放弃抚琴，抬头望向远处的天空。天上的朵朵云彩，仿佛从远处的山巅之处萌发出来。日头渐渐西斜，天上已经笼罩了一层淡淡的薄暮。她羡慕云朵有山巅相伴，闺中寂寞的自己，哪怕琴声再好，也没有知音欣赏，又有什么乐趣？

　　天气仿佛故意要激起李清照的愁绪。刚刚还是晴空万里，却随着一阵凉风，白云变成了阴云。细细的雨丝随风落下，李清照不禁看向庭院中即将凋谢的梨花。它们本就弱不禁风，恐怕这一场春雨过后，梨花便要悉数凋谢了吧？

　　这本是一首闺怨之词，却无意中流传到京城的大街小巷。

人们都纷纷猜测，这首词一定是出自大家之手。当赵明诚得知此词的作者是一名闺阁女子之后，便彻底被这女子的才华撩动了情思。

于是，才有了这一次花园中的惊鸿一瞥，才有了此生延续的前世之缘。

如果清照是那抚琴的俞伯牙，赵明诚便是能够听懂她琴音的钟子期。高山流水觅知音，便是两人此生的缘分。

看到这首小词，赵明诚便立刻为清照的才情惊叹了。她分明是在抒发闺怨，却通篇都在描写情景，只字未提自己的心情。然而，通过这些对情景的描写，又让人一下子体会到她的心境。那是一种惆怅，一种无聊，这样的情愫全部都寄托在周围的景物之上，借由景物，希望人们都看到她的内心。

对于词中的每一个字句，赵明诚都反复品读了多次。很快，他便懂得了清照的内心世界。词中的第一句，便点明了清照所在的地点是"小院"。春色已深的小院，一派绿树繁花之景。然而，庭院中却没有人来人往的景象，窗棂之间也没有燕子穿帘。与庭院中繁茂的花草树木相比，楼上那扇虚掩的窗子显得那样寂寥，闺阁女子深似海的寂寞，全部从这扇窗中流露了出来。

赵明诚知道，身处这深院之中的少女，一定就是清照本人。孤独令她感到凄苦，仿佛闺阁之中的光线都暗淡了许多。虽然这看似是帘幕低垂的原因，可这份暗然是否来自于心底，谁又能说得清楚呢？

一名素未谋面的女子，却通过这样一首词，在赵明诚的面前鲜活了起来。他读懂了清照因春意阑珊、幽闺深邃而心生的烦闷。他也有些想要知道，在如此孤寂愁闷的时刻，这位聪慧过人的少女是如何排遣这些愁怀的？

赵明诚轻轻闭上眼睛，仿佛这样便可以与清照的心灵相通。他的眼前仿佛出现了一名凭楼远眺的少女，正在试图通过远方开阔的景象为自己的孤寂带来一丝慰藉。然而，原本晴朗的天气却渐渐阴沉了下来，仿佛夜幕将至，少女的沉闷之情没有得到丝毫缓解，反而越发沉重了。于是，她就那样愣愣地站在原地，半晌过后，才转回闺房，无聊地拨弄起瑶琴。

赵明诚的耳畔仿佛真的传来袅袅琴音，他从琴声中听出了清照的烦躁与愁思。赵明诚坚信，这位少女，便是那个能够与他相守一生之人。他更坚信，两人之间，有一种前世早已注定的缘分。

前世今生　唯有情难解

一场邂逅，牵起一段一生的缘分。那一个回眸，一个对视，都撩动着心底某种不知名的情愫，让心跳乱了节拍，也让一抹身影，凝结成永生都无法晕染的水墨。

那一场突如其来的相遇，不仅让赵明诚对清照更添了几分好感，清照也从那日起，对这个突然闯入自己生命中的男子念念不忘。

然而，哪怕再活泼，身为闺阁女子，清照也不好向父亲打听那名男子的来历。她只是从下人们聊天的言语中得知，这人名叫赵明诚，家世还不错。

少女的感情，似乎根本没有道理可循。单凭这一点儿简单的了解，清照便已经对赵明诚有了许多好感。也许这份好感根本无关家世，只是因为庭院中的那一眼，便已经将一颗心系在了对方的身上。

有好几次，清照在父亲面前都欲言又止。出于少女的矜持，她终究未能开口。至于那一日赵明诚为何来家中做客，更是成了清照心中的一个谜。

其实，父亲又何尝不知道女儿的心事。那一日，赵明诚便是为清照而来，赵府早已经透露出想要迎娶清照过门的意向，只是李格非并未立刻应允，他希望亲耳听到女儿说"愿意"二字，否则绝不会轻易将女儿的终身托付于任何一人。

这日，父亲将清照唤到身旁，先是嘘寒问暖了几句，接着便将话题转到了赵明诚的身上。他告诉女儿，那一日前来拜访的，是当朝尚书右仆射兼中书侍郎赵挺之的第三子，名叫明诚，字德甫，正就读于太学，才学十分出众。

如果女儿能够嫁进官宦世家，自然能够衣食无忧。不过，父亲更加希望女儿能够嫁一名能够给予她真爱之人，一生都能幸福快乐。对于赵明诚，李格非还是有一丝担忧的。这名出身官宦之家的男子，却根本无心仕途，反而酷爱金石书画。他听说，古物市场上，经常能见到赵明诚的身影。对于这些古物，他已经到了痴迷的程度。只要收藏到一件难得的藏品，他便比升官发财都欢喜了许多。

这样的人究竟会有怎样的前途，李格非自己也说不准。他将这些都原原本本地告诉了女儿，希望女儿能慎重考虑。

听着父亲对赵明诚其人的讲述，清照的脸上一阵一阵发红。那是娇羞的红晕，她自己能够感受到脸颊上的热度，全部来自于心动。她并不在乎男子是否专心于仕途，反而觉得一个为古物痴迷的男子，简直单纯得可爱。也许，只有这样的人，才能心无旁骛地珍惜一件物品，甚至一个人吧？

其实，赵明诚之所以如此痴迷于收藏古物，也是因为家中的富贵，为他提供了许多便利。他常常拜访金石名家，对于艺术与文学，都有着深厚的底蕴。也正因如此，他才在读过清照的词之后，立刻就爱上了这个人。

当清照娇羞地轻轻点头认可这段姻缘时，她与赵明诚的人生便从此紧紧地联系在了一起。对于清照来说，此生，能得一人心，足矣。

　　清照的词，是赵明诚在金石之外唯一最感兴趣的东西。在他很小的时候，父亲便有意留意身边的官宦世家与书香门第，想要为儿子早早定下一门亲事。一日，赵明诚在午睡时做了一个梦，梦中朗诵了一首诗。可当他醒来，却只记得诗中的三句："言与司合，安上已脱，芝芙草拔。"

　　赵明诚反复吟诵着这三句诗，却不解其中之意。于是他将诗抄录了下来，去请教父亲。父亲读过这三句诗，先是哈哈大笑，之后便抚摸着赵明诚的头，对他说："我儿将来定能娶到一位能写诗词的女子为妻。"

　　看到赵明诚一脸不解，父亲这才告诉他："'言与司和'，就是一个'词'字；'安上已脱'，便是一个'女'字；'芝芙草拔'，则是'之夫'二字，连起来，不正是'词女之夫'的意思吗？"

　　当时的赵明诚，不过把父亲的话当作与自己开的玩笑，一笑置之。如今，他越发觉得，有些事情，仿佛在冥冥中早已注定。就像他与清照的缘分，也许就源自于梦中的那三句诗。

　　他时常深夜手捧清照的辞章反复品读，读到动情之处，甚至整夜不眠，陶醉在这位女子笔下的缠绵婉约里。

　　他坚信，能够写出这样的词句，清照定是一位明媚清澈的女子。

　　彼时，清照的手边正放着一本元稹所著的《莺莺传》，书中的张生，在旅居蒲州普救寺时，出力救护了同住寺中的远房姨母郑氏一家，郑氏特意设宴答谢张生，席间，张生对表妹崔莺莺一见倾心，并请求莺莺的侍女红娘代为传书传情。

几经反复，两人终于花好月圆。张生赴京赶考之后，同样借助书信与信物，向莺莺表达自己的深情，莺莺也一直在家中苦苦守候，期待张生赶考归来迎娶自己。

可惜，张生最终还是变了心，另娶他人。曾经刻骨铭心的爱情，最终变成一场悲剧。清照曾无数次为这段未能得到善果的爱情感到唏嘘，也暗自祈祷，赵明诚不要是那个负心的张生：

浣溪沙

绣面芙蓉一笑开，斜飞宝鸭衬香腮。眼波才动被人猜。

一面风情深有韵，半笺娇恨寄幽怀。月移花影约重来。

"绣面"二字，本是用来形容花开之后的娇美姿态，"绣面芙蓉"，从字面上看，好似在说芙蓉花开得美好的样子，其实，清照却是在描写一位美人。她那姣美的面容，就像芙蓉花一般美丽。尤其是当她展露笑颜，就像一朵盛开的芙蓉花，唯有"美好"二字可以形容。

这是清照在心中暗自勾勒着崔莺莺的形象。元稹笔下的崔莺莺，是年轻姣美的女子，这份姣美，在清照的勾勒之下，变得更加具象。她应该是梳着一个斜坠的云鬓，一支钗头形状为鸭形的宝钗，松松地插于云鬓之上，映衬着少女粉嫩的香腮。

唐代诗人温庭筠曾在《菩萨蛮》中写道"鬓云欲度香腮雪"一句，词中的女子，有着蓬松如同云朵般的发鬓，她的鬓角延伸向脸颊，逐渐清淡，仿佛一层云影轻度，将掩未掩住那如同白雪般的香腮面颊。

自从读过这首词，清照便觉得，人世间最美的女子，便应该是在温庭筠的笔下了吧？既然崔莺莺是美的，那么她也应该鬓似云，腮似雪，眼波流转之间，那灵动的双眸就如同会说话一般，让人忍不住去猜测她的心意。

清照笔下的这名女子，美得是那样不同寻常。她的脸庞，如同出水芙蓉一般光艳明丽，本就天生俏丽，又将自己的云鬓与香腮做了精心的装点，那美妆与华饰在女子的脸上产生了非同一般的效果，令她的一颦一笑，仿佛从纸上呼之欲出。

她的装扮，一定都是为心爱之人所做的。女为悦己者容，无论那个人是否知道女子已经喜欢上了自己，看到这样一位美好的女子，都无法不动情吧？

"一笑开"三个字，足以证明清照运用文字的精妙。有了这三个字，词中的女子不再只是一个静态的形象，而是一下子鲜活了起来。其实，这个"开"字，有一语双关之妙，既是形容女子的容颜如同盛开的芙蓉花般娇美，也是在说女子心中的爱情之花已经悄然绽放。

因为爱情的到来，女子的眼波才如此荡漾。美目盼兮，巧笑倩兮，她那如秋水般的眼眸，流露着掩藏不住的喜悦，以及想要掩盖心中秘密的娇羞。这样的神态，为女子更加增添了几分韵味。如果是她的心爱之人看到她这个样子，想必对她的爱会更加深几分吧？

一个情窦初开的女子，在清照的笔下勾勒得活灵活现，既如梦似幻，又难以言说。其实，谁又能说清照笔下的女子写的不是自己？一向灵动活泼的少女，因为有了爱情的滋养，更增添了一层女性的柔美。

女子的脸上写满了深情，那定是为心爱之人所流露出的深韵。她的手边，放着一纸诗笺，却半张纸上都填写着怨艾之辞，寄托着自己的娇嗔和思念。元稹在《莺莺传》中写道："待月西厢下，迎风户半开。拂墙花影动，疑是玉人来。"月上阑干之时，花儿在地面上投下自己的影子。随着月亮的偏移，花影也在不断地移动，此情此景，正是情人约会重聚的好时光。

勾勒出女子的容颜之后，清照笔锋一转，便开始描写女子的心境。她一定是与心爱之人许久未见了，这才想要以诗笺传情。不过，对于深陷于爱情中的人来说，一日不见，如隔三秋。也许她刚刚才见过心爱之人，此刻就已经倍感思念。

女子在纸笺上埋怨着心爱之人，相见的时光太过短暂，更不能与自己朝夕相守。再看看此时的月移花影，多么好的一个约会时刻，却无法与喜爱之人会面。她多么希望，心上人的下次出现，可以是这样一个月移花影的情景，那将会是何等浪漫。

写出这样一阕词，足以说明清照的少女情思已经被赵明诚触动。那若隐若现的情愫，便是爱情最初的模样：若有似无，欲语还羞。

词中的女子，因为深陷爱情之中，情绪与性格才如此变化反复。她既有眼波流转的羞涩，又有月下以诗传情的大胆。这简直就是少女清照的化身，对于像爱情这般美好的事物，她总是敢于去向往、去追求的。

很快，赵府的聘礼便送进了李府的大门。官宦世家在聘礼方面定然是出手大方，跟随聘礼一同前来的媒婆都觉得自己的颜面上增添了许多荣耀，喜笑颜开地连声向李格非和夫人道喜。

聘礼送得如此急切，是因为赵明诚一刻也不愿多等。他迫不及待想要让清照成为自己的妻子，再也不愿只是从诗词中去寻觅她的身影。

在赵明诚的催促下，赵挺之这才吩咐人迅速将聘礼准备好。身为当朝三品官员的赵挺之坚信，没有人不希望自家的女儿能嫁入赵府的，赵府送出的聘礼，一定会被李府欣然接受。

然而，李格非却并不这样认为。他知道，能够坐稳朝中要职，赵挺之必定是一名长袖善舞之人。只不过，如今的朝廷已经今非昔比，他每日都亲眼见到朝中的官员分成两派，彼此之间的矛盾与斗争日渐激烈。他不知道在这样的党争之中，赵挺之会如何自处，又会如何保护自己。

拥戴王安石变法的赵挺之，与奸臣蔡京等人皆属新党；而李格非的老师苏东坡与黄庭坚等人则是反对变法的旧党。李格非虽不愿投靠任何党派，却也眼见近年来因为宣仁太后的支持，新法被逐渐废除，旧制在逐渐恢复。一旦赵挺之在党争中失败，庇佑赵府的那棵大树便会轰然倒下。到时候，如果女儿已经嫁入赵府，一定会受到牵连。

爱女之心，让李格非在是否收下聘礼这件事上犹豫不决。闺房中的清照，此刻却已经心急如焚。她多么希望娘亲能眉开眼笑地来向自己道喜，告诉她即将成为赵府的儿媳。然而等了许久，门前依然没有任何人出现。清照唯有像自己词中的那名女子一样，以半纸诗笺寄托着自己的娇嗔。

淡雅红尘中的甜蜜

以为遇到一位知己，便能坐拥一生的幸福。年轻的清照，当时的心境就是如此单纯。自从心中有了一个值得惦念的人，她总是觉得自己忽而能飘上云端，用笑容晕染出一季花开。然而当想到父亲还没有点头对这段姻缘表示认可时，自己又仿佛忽而跌落谷底，周遭的花繁叶茂，似乎在无声地嘲弄着她的寂寞。

对于李格非其人，赵挺之是了解的。他不愿参加任何党争，总是默默地做事，不愿出任何风头。如果真的能与李府联姻，即便是日后新党失败，赵府也不至于落得太惨的下场。

心中的如意算盘已经打定，嘴上还要做出为儿子着想的姿态。在给李府送出聘礼之前，赵挺之带着些许为难的表情，告诉儿子，一旦娶了李府的女儿，难免会被自己的同党误会。不过，既然李家女子是儿子真心喜爱之人，身为父亲的他也顾不得那么多了。

字字句句都是在为儿子的幸福着想，单纯的赵明诚对父亲更多了几分感激之情。其实，在赵明诚心中，对于党争之事向来是无感的。他的父亲属于新党，他却偏偏欣赏苏东坡与黄庭坚等人的诗文，甚至只要读到美好的句子，便要亲自抄录下来作为收藏。

为了此事，赵明诚没少受到父亲的训斥。父亲总是教导他，男子要以仕途为重，不要被那些华而不实的爱好牵绊住脚步，更不可辨不清是非，站错了队伍。

每次听到父亲训导这些，赵明诚总是表面上做出一份谦逊受教的姿态，转过头来，依然我行我素地做着自己。对于金石与古物的收藏，丝毫没有懈怠，对于党争，依然没有半点儿感念，甚至还与分属旧党的宰相刘挚的儿子成为好友。

父亲准许自己迎娶清照，令赵明诚感激不尽。一想到即将与这样一位超凡脱俗的才女相守一生，赵明诚便睡意全无，只盼着明日送聘礼的媒人会带来好消息。

然而，好消息并没有如期而至，赵府收到的回应是："儿女婚姻之事非同小可，要三思之后再做决定。"

如同一盆冷水，无情地浇灭了赵明诚的热情。他不知道李老爷的这番回复是否算作拒绝，可是那话语中又丝毫没有拒绝的词汇，赵明诚又渐渐心生希望。

其实，对于赵明诚，李格非还是十分欣赏的。他早就听说过赵明诚的个性，从来不受父亲左右，自己不仅学识丰富，并且为人十分厚道。更何况，他是真心喜欢自己的女儿，两人也算门户相当，婚后也一定不会让清照受任何委屈。

即便如此，李格非还是不敢轻易点头。他想要与赵明诚单独见一见，对这位年轻的公子再多一些了解。几次见面之后，李格非终于对温文尔雅又不失刚健的赵明诚认可，清照也没有任何不情愿的态度。于是，赵府与李府联姻之事，就此已成定局。

成亲的礼节是那样烦琐，等待的过程令赵明诚焦虑不已。合婚庚帖早已由媒人送进李府，自己也遵循礼制亲自登门拜见李家二老。只是，自从那一日在花园与清照匆匆一瞥之后，便再也没有了见面的机会。

等待对于清照来说，又何尝不是漫长的煎熬？她在闺房之中也能听到媒人几次三番地前来，有好几次，她都偷偷地站在庭院中，想要听一听媒人与父母谈话的内容。每当听到媒人提起赵明诚的名字，清照都会觉得一阵暖流轻轻流过心头，暖开了心头一朵朵含苞待放的蓓蕾。

清照感恩岁月能给予如此美好的恩赐。在最美的年华，遇到最爱的人，这样的幸运，足以让清照用一生的时间来回味。

少女的时光，已经所剩无几。不久之后，她便要嫁为人妇。到时候，也许不会再像曾经那样自在，可以无拘无束地四处游玩。刚好暮春三月到来，皇宫中百花盛开。宋徽宗特意恩准朝中官员携带家眷入宫赏花。

趁着出嫁之前，清照带着满腔游兴跟随父亲入宫。暮春三月，繁花盛开的景象，再次激发了她的词兴：

庆清朝

禁幄低张，彤阑巧护，就中独占残春。容华淡伫，绰约俱见天真。待得群花过后，一番风露晓妆新。妖娆艳态，妒风笑月，长殢东君。

东城边，南陌上，正日烘池馆，竞走香轮。绮筵散日，谁人可继芳尘。更好明光宫殿，几枝先近日边匀。

金樽倒，拚了尽烛，不管黄昏。

　　那一日，她游走于花园深处，那里的花是专供游人欣赏的，每一处都有低垂的帷幕和红色的栏杆保护着，以免游人践踏到那些悉心培育的花朵。那红色的栏杆上，精雕细琢着精致的花纹，足以见得，那独占暮春风光的花朵，是名贵的品种。

　　那些花儿有着淡雅的姿态，仿佛是未加任何修饰的青春少女。它们静静地伫立在花园之中，向世人展示着它们柔美又不失天真的姿态。

　　这里的每一朵花，都是大自然的造化，随便观赏一朵，便能感受到上天在创造它们时，是何等的精妙绝伦。

　　它们不喜欢与百花争春，当群花开过之后，才不疾不徐地展开花瓣，迎接春风与春雨的洗礼。花瓣上那清澈的露珠，令花朵仿佛一位晓妆初成的美人，给人无尽的清新之感。

　　细细观赏，清照发现这些花儿在清新之余，也能呈现出娇美的姿态。当清风徐来，它们摇摆出妖娆的姿态，惹得春风都不免产生妒忌之情。春日里柔美的月光，在这些花儿的面前也失了颜色，它们尽情地嘲笑着春月，也逗引得太阳迟迟不肯下山，想要再多欣赏一会花儿的娇媚。

　　清照的脚步从东城走到南陌。那里是长时间有日光照射之处，那里的亭台池馆整日都在太阳的熏抚之下呈现出融融的暖意。因此，那里也是游人最喜欢光顾的地方，赏花与买花之人川流不息，变得车水马龙，无比热闹。

走着走着，清照的伤春惜春之情再次涌现出来。人说花无百日红，这些花儿能够绽放数日，可当它们凋谢之后，又有什么花可以继它们之后继续散发出诱人的芳香呢？

不过，清照很快便调整了自己的情绪，今朝有酒今朝醉，今日花开，那么便尽情享受这一刻的馥郁芬芳吧。又何必自寻烦恼，辜负了这大好春光呢？

皇宫里面的座座宫殿都那样威严奢华，这些花儿生长在这里，比普通的花儿离皇帝更近一些，也许因为有了如同太阳般的皇帝的守护，这些花才开得如此之好吧。

赏花过后，宋徽宗设宴款待群臣，清照有幸，也能坐在官员家眷的席位上。徽宗皇帝举杯畅饮，群臣纷纷附和。清照也举起手中的酒杯，不过，她敬的，是那些开得灿烂的花朵。

对着娇美的花朵，喝着皇帝赏赐的美酒，这是何等的快活享受。筵席之上，没有人愿意提早离开，人人都一杯接一杯地畅饮着美酒。直到日已西沉，天近黄昏，宫中的侍女点上蜡烛，人们的酒兴依然浓厚，丝毫没有散场之意。

清照眼中，是一派歌舞升平之景。她对着花儿许愿，希望岁月永远如此静好，她与心爱之人，也能够长久恩爱相守。

当清照这首咏花词流传到民间，竟然引起了不小的争论。因为在整首词中，清照丝毫未提及自己赏的是什么花，因此，有人便说，清照入明光宫苑观赏的，一定是花中之王牡丹。

因为，暮春三月，正是牡丹盛开之时。人们认为，唯有牡丹，才能呈现出如同清照在词中所描绘的娇媚姿态。他们坚信，词中的字字句句都是在烘托牡丹的高贵气质，因为高贵，才能被帷幕与精致的栏杆保护着，独占暮春风光。

每当提到牡丹，世人总会想起"国色天香"一词。这是怎样的情态，想必就是清照在词中所写的"妖娆艳态"吧？似乎也唯有牡丹，才能惹得春风妒忌，才敢嘲弄春月，逗引东君之神。

然而，牡丹一说一经面世，便立刻引来了另一些人的质疑。人们认为，如清照这般高洁淡雅之人，怎会歌颂像牡丹花这般的"庸脂俗粉"？她欣赏的花朵，应该如同她本人一般清淡高洁，因此，清照诗中所歌咏的花，不应该是牡丹，而应该是芍药。

芍药的花期，同样在春末夏初，群花盛开之后。因此，他们坚信，这种能将春天留住的花朵，一定就是芍药。

无论世人怎样猜测、争论，清照依旧淡漠不语。写下这首词，不过是自己情之所至，至于究竟咏的是哪一种花，清照自己反而不那么在乎。这便是清照优雅而不失洒脱的个性，他人的任何评价，都无法牵动她的心绪。

更何况，此时的清照，一颗心都牵系在赵明诚身上。一想到即将成为他的妻子，清照的脸颊就会立刻镀上一抹绯红。

蝶儿恋花，只因留恋花的清香；佳人爱上才子，只因那不经意的回眸。

出嫁前的忐忑，日日都袭上清照的心头。大婚之前，要经历纳彩、问名、纳吉、纳征、请期等程序。种种礼节，皆不需要清照参与。她只需静静地等待，等待自己绾起发髻，披上嫁衣，蒙上盖头的那一刻。脸上的娇羞已经再也无法掩饰，今生今世，她将与那一人牵手共赴红尘。

成亲的吉日，在清照的忐忑与明诚的焦急中如约而至。那一天，汴京城的官员士绅，都齐聚一堂，见证这对璧人的婚礼。赵明诚身穿华丽的吉服，头戴新郎官特有的头冠，骑在高大的骏马之上，昂首挺胸，去迎娶那位令他心心念念了许久的女子。

他的身后，是喧闹的迎亲队伍，喜庆的锣鼓，丝毫没有影响赵明诚脸上的庄严。每向前一步，便离她更近一些。当近到能够牵起她的手，便要牵引着她，不疾不徐地走向两个人的人生。

清照与明诚的爱情，干净得没有一丝杂质。他爱的，是她的清净淡雅；她爱的，是他的与世无争。父辈之间的纷争，与他们无关，所谓权势，所谓地位，那不过是俗人的游戏。如果可以，他们愿意用一生的时间守护这份纯净的爱情。只可惜，将一些想得太过圆满，悲伤到来之时，一颗心才更加破碎得无处安放。

此刻的清照，是娇羞而又喜悦的。赵明诚已经在吉时之前赶来，在宾客的祝福声中，清照终于缓缓地坐上了大红的喜轿。身着一身大红嫁衣的她，却依然如同淡雅的兰花，这样的清照，让明诚爱不释手。他暗暗发誓，哪怕穷尽一生，也不能让这朵兰花沾染世俗的尘埃。

一路的锣鼓喧闹，喜悦着花轿中的新娘。从李府到赵府的路途并不遥远，然而，从路的这头走到那头，却足以改变清照的身份，甚至她的人生。

唱礼之人高声唱和着最吉利的话语，随着他的口令，清照与明诚一步一步地完成新人的礼节。当两人徐徐转身，面朝彼此盈盈拜下时，两人便从这一刻起，冠上了夫妻之名。

那一日，十八岁的清照，成为二十一岁的赵明诚的妻子。这一切都来得太过美好，清照忍不住感激上苍，给予自己如此美好的青春。

从出生至今，清照从未受过任何委屈。她有最开明的父母，愿意纵容她的一切任性。如今，她又有了如意郎君，心怀感动的时刻，她怎能想到，日后的风霜，会狠狠地碾轧这一日的良辰。

茫茫红尘，与一人相遇，与一人相识，与一人相恋，与一人相守。那个人，是上天赐予的缘分。只是，这缘，却并不一定是善缘。清照与明诚，是前世的缘，更是今生的孽。不过，毫不知情的二人，只愿在淡雅红尘之中，尽情享受这新婚宴尔的甜蜜。

赌书泼茶　天作之合

一对多情的男女，于茫茫人海中相遇，无论何时被提起，总是有无限的诗情画意。遇见，便已经是最美的告白。

一份美好的爱情，便是当时的清照唯一所求。可惜，她只看到了开始的绚烂，却没有预料到结局的黯淡。纵然才情如她，在那个封建礼制当道的年代，依然不能免除男子地位永远高于女子的桎梏。

所幸，这段爱情的最初是美妙的。清照与明诚最初的生活，也如同时时刻刻浸泡在蜜罐之中。他们是门当户对的一对才子佳人，再加上在诗文方面共同的志趣爱好，让两人更加惺惺相惜。这对新婚的小夫妻，如同不食人间烟火的一对金童玉女，朝夕相伴，形影不离，又从不须为生活中的一切俗事困扰。

但求一人心，白首不相离。清照是那样珍惜上天赐予自己的这段缘分。她喜欢温婉地依偎在他的身旁，用最柔软的声音，幻想着两个人的地老天荒。

清照永生难忘的新婚之夜，按照习俗，新郎与新娘要各自剪下自己的一缕头发，系在一起，结成同心结。再由两人一起将这同心结抛于床下，便完成了合髻之礼。那一刻，清照轻轻抬眼看了一眼明诚，当四目相对，清照又娇羞地用眼帘遮住双眸。那相互缠绕的青丝，就像两人未来的命运，千丝万缕，剪不断，理还乱。

合髻之礼完成之后，便是合卺之礼。侍女端上合卺酒，盛放合卺酒的容器是一个剖开的匏瓜，两端以红线相连。明诚从侍女手中取过一瓢，清照也学着他的样子取过另一瓢。两人各自饮下手中的酒，象征着从此合二为一，永不分离。

一切都是最吉利的祝愿，可惜，最残酷的永远是现实。天长日久，却不意味朝夕相守；盛酒的匏瓜的确曾经合二为一，却在成为酒器的那一刻，便已分崩离析。

摇曳的烛光，朦胧着清照与明诚的新婚之夜。完成一切礼数之后，她终于正式成为了他的妻。一颗寂寞的少女之心，终于找寻到了托付之处。红绡帐内，春光旖旎。

几多痴缠，几多期许，伴随明月如梦，祈愿着将生活过成一场欢喜。

婚后的生活，的确如同清照幻想的那般甜蜜。朝夕相处，并未让二人心生丝毫厌倦。反而总觉得光阴流转得太快，生怕倏忽之间便已匆匆老去。

减字木兰花

卖花担上，买得一枝春欲放。泪染轻匀，犹带彤霞晓露痕。

怕郎猜道，奴面不如花面好。云鬓斜簪，徒要教郎比并看。

清照最喜欢与明诚一同逛集市，她喜欢那里的琳琅满目，也喜欢那里的热闹。在集市上，他们这一对璧人总是会受到许多关注，清照却全然不在乎，此刻的她，仿佛想要天下人来见证自己的幸福。

明诚最喜欢清照无拘无束的模样，她总是兴冲冲地奔向某一处摊位，欢天喜地的挑拣一番，很快便又被另一处摊位的物品所吸引。

清照爱花，她的词中有许多都是咏花所作。因此在集市上，能够让清照流连最久的自然也是卖花的摊位。

卖花人的担子上装满了各式娇艳欲滴的鲜花，清照仔细挑选了好久，终于选中一枝含苞待放的花朵。那花瓣上还带着一颗晶莹的露珠，还有几处露珠流下时形成的痕迹，仿佛一张女子的粉面上带着令人怜惜的泪痕。

清照拿着这朵花爱不释手，此刻明诚并未陪在她的身旁，而是在集市的另一边不知道看些什么。她有些调皮地猜想："不知道他会觉得是花美还是我的容颜美，索性去问一问，看他怎么说。"这样想着，一抹俏皮的微笑挂在了清照的脸上。她将花儿插入自己的云鬟，径直走到赵明诚面前，一定要让他比一比，究竟是她美还是花美。

这样的清照，简直让赵明诚爱怜得无以复加。他最爱她此时的天真，又带着些许孩子气般的好胜，就连与一朵花都定要分出个高下。她的放纵肆意，便是她最大的魅力所在，若不是在集市上，赵明诚此刻真想一把将她揽入怀中，告诉她，她是那样明艳快活，任何一朵花，都比不上此刻的她灿烂的笑靥。

卖花担上的一担春色，都比不上清照的明艳动人。当时，总有卖花人挑着担子走街串巷，每一个爱花之人便会趁着此时买上一些花儿，将房中装点得生趣盎然。

每一次有卖花人经过赵府，清照总会吩咐侍女将卖花人唤住，自己再亲自挑选一些令她最满意的花。明诚喜欢清照爱花，这足以证明她是如此地热爱着此刻的生活。

他尤其喜欢清照此时云鬓上插的这枝花。他知道，这一定是她精挑细选出的一朵，那含苞待放的花朵，蕴含着融融的春意。

那一日回到家中，清照便将逛集市的这一段小插曲记录在词中。"春欲放"三字，成为整首词的点睛之笔。一个"欲"字，足以说明春意已经到来，却尚未蓬勃。当那枝花儿绽放之时，便到了春日蓬勃之日。

在清照笔下，总是为花儿赋予了生命。花瓣上的点点泪痕，仿佛是花朵因为自己被摘下而哭泣。这样的花儿，怎能不让清照怜惜？

她知道，自己的夫君是最懂得审美的，两人在这方面总是有着极大的默契。两人之间的温情，便通过与花比美这件小事无声地流露了出来，这是一对新婚宴尔的小夫妻生活中的小小情趣。无论明诚如何表露自己的爱意，刚刚新婚的清照也总是希望他能再多爱自己一些。

如此温情的一幕，以及清照略带娇嗔的容颜，都已经深深刻入赵明诚的心底。哪怕日后有分离，或有别意，只要想起此刻的幸福，那已经渐渐淡薄的情，也会重新变得浓烈起来。

世人只以为，所谓才女，便不应沾染人间的任何凡俗之情。却不知，正是人世间的种种情感，才是滋养清照才华的沃土。因为有情，她才会亦娇亦嗔，亦悲亦喜。她酝酿出的每一句辞章，都是她内心中最真实的情感流露。

所谓的封建桎梏，在清照的身上没有留下丝毫痕迹。她在无忧无虑中长大，也在无拘无束中纵情做着最真实的自己。尤其是在爱人面前，她更愿意毫无保留地将自己的一切情感和盘托出。那里有她的依恋与痴情，也有她不甘于被道德束缚住的抱负。

清照对明诚的爱，已经深深地刻入的骨髓里。她愿意将自己一切最美好的东西尽数捧到他面前，只愿换取他的真心。彼时的明诚，是那样宠溺自己的妻子。他喜欢她的娇憨，愿意包容她的任性。只要爱情尚在，她身上的一切都是美好的。

闲来无事时，两人愿意一同钻研金石中的奥秘，也愿意共捧一部书笺，一起品味，一同唏嘘。世间的一切纷扰，都被这对沉浸在甜蜜中的爱侣隔绝于身外。他们眼中只有世事静好，那些似水流年在不疾不徐地缓缓流逝。

其实，当时的赵明诚，还是一名太学府的学生。清照与他只有每个月的初一和十五才能相见，因为只有这两天，太学才会给学生放假。因为不能日日相见，这对新婚的小夫妻才觉得相守的时光更加珍贵。因为思念，让两人每次团聚，都会迸发出炽烈的浓情。

此时，思念对于清照来说，并不是痛苦的事情。这份思念中反而承载了一丝甜蜜，虽然不能时刻见面，只要想起对方，就会觉得生活是那样的幸福和满足。

他们二人仿佛携手共筑了一个小小的世界，那里安放着他们所有的美好，身处于那个世界当中，无人可以打扰，仿佛就连时间的流淌都变得缓慢了起来。

这样的日子，若是能持续到地老天荒，该是人间一出最温馨的喜剧。可惜，一切的美好终究要画上一个休止符，也许，最美好的东西，总是要用来回忆的。

清照并不知道不久的将来自己将会面临怎样的遭遇，她也从不会杞人忧天地去思考那些似乎永远都不会发生的悲剧。情到浓时，她甚至敢用大胆的言语记录下两人甜蜜的点滴：

丑奴儿

晚来一阵风兼雨，洗尽炎光。理罢笙簧，却对菱花淡淡妆。

绛绡缕薄冰肌莹，雪腻酥香。笑语檀郎，今夜纱橱枕簟凉。

如此毫无顾忌的言语，在当时看来，是那样纵情肆意，甚至有些迂腐之人，认为这阕词简直句句荒淫。想必也唯有清照，在当时敢用这样的方式向爱人表达自己的爱意。

所谓淫词艳语，不过是世人的猜忌。清照在写下这阕词时，也许从未有过任何淫艳之意。她只不过想将自己与明诚生活中的点滴记录在辞章当中。这样表达爱意的方式，是那样浪漫，那样充满浓情蜜意。

清照在词中所记录下的，其实是两人再平常不过的日常。

那是一个夏日的夜晚，整整一日的暑意还笼罩在睡房中没有散去。忽然一阵疾风，刮来了一阵骤雨。一天的暑热就这样被洗尽了，清照与明诚顿感周身清凉，十分舒畅。

清凉的夏日夜晚，让清照的心情大好。她拿出一把笙，为明诚吹奏着她刚刚谱成的曲子。明诚似乎很享受笙簧之音，半眯着眼睛，沉醉在曲声当中。

一曲吹罢，正是到了该就寝的时间。清照坐在菱花镜前，却并未摘下头上的钗环，反而拿出胭脂与蜜粉，为自己又补上了一层淡淡的妆容。

在她看来，这是一个浪漫的夜晚，她想要以最美的样子，给予爱人最好的温存。

带着如此妆容，清照轻轻褪去外面的衣衫，只穿一身绛红色的薄缎衣衫进入床幔之中。她那如同白雪般细腻的肌肤，在衣衫下若隐若现。那样的一副冰肌玉骨，仿佛散发出酥酪般的香甜气息。

她看着赵明诚的双目，带着流转的眼波。这样的眉目传情，令明诚看得痴了。此刻的清照，仿佛坠入凡间的仙子，她轻轻开启双唇，带着妩媚的笑意，向明诚问道："今夜的枕席是否冰凉？"

一股暧昧的情愫，在床幔之内渐渐弥散。清照的每一个动作，每一句话语，都是真情流露。虽大胆，却并不低俗。新婚夫妻的闺中缱绻，更无人有资格与"廉耻"二字联系在一起。

清照的大胆与顽皮，又何止这一次。那一年的上元佳节，正是赵明诚从太学放假回家的日子。他刚进家门，下人便来报，说门外有一名公子求见，自称是赵明诚同在太学读书的同窗。

赵明诚一面疑惑来人是谁，一面忙着整理衣衫，准备迎接客人。从门外进来的，的确是一位翩翩公子。他举止温文尔雅，容貌却异常清秀，看上去还带着一丝女子的娇弱。出于礼节，赵明诚不敢直视对方的容貌太久，在行礼时，却总觉得对方似曾相识，却又不记得在太学中见过这名公子。

他只好冒昧地询问对方的姓名，没想到，那位公子竟然笑出了声。当公子开口讲话时，赵明诚这才听出，这分明就是清照的声音。他这才抬头认真打量对方，果然就是女扮男装的清照，和自己开了一场不大不小的玩笑。

如此顽皮可爱的清照，被赵明诚一把揽入怀中。她是那样不流于世俗的一名妻子，总能用自己的别出心裁，将生活装点得明艳生动。

第三章

别离 炙手可热心可寒

看不见的虚妄

　　再锦绣的繁花，终究抵不过寒冬的微凉。被温情的点滴煜热的心门，只需一句冰冷的言语，便再也禁不住现实之下的世态炎凉。原来，所谓岁月静好，不过是温梦一场。睡梦中惊醒，才发现，烛火冷，夜未央。

　　所谓"天作之合"，想必便是对清照与明诚新婚时的最好形容。两人的父亲都是京城中的官员，也并非贪赃枉法之辈。因此，李、赵两家虽衣食无忧，却也不至于富足到让赵明诚任意购买喜爱的古物与金石。

　　好在，清照总是能与赵明诚保持相同的志趣，她愿意支持他的一切喜好，也许就是因为那时的他们有着相通的心灵。

　　有时候，赵明诚看上一件古物，或一块金石，因为没钱买下，便要将自己的衣物拿去当铺典当。每当这时，清照总是陪在他的身边，脸上从未流露出不快的神色，反而因为明诚即将拥有一件心爱之物而感到欣喜。

　　在京城的大相国寺一带，有最繁华的古董交易市场，每逢初一、十五，许多像明诚一样钟情于古物之人便会来这里寻觅心中所爱之物。清照与明诚从当铺拿到钱，便会相伴去那里游逛，他们是那里的常客，有时候购得一块碑刻，便会欢天喜地地带回家中反复赏玩。

有时候，两人也会因为囊中羞涩，无法将喜爱之物带回。一次，两人在古董市场见到一幅南唐画家徐熙的《牡丹图》，卖价二十万，远非清照与明诚所能支付。自从见到这幅画，两人便念念不忘，终于鼓足勇气，向卖家借来此画，欣赏了一夜，第二天才恋恋不舍地还回去。

因为买不起那幅画，两人惆怅了许久。不过，乐观的清照依然对自己现有的生活感到满足。为此，她常常自称是"葛天氏之民"。在上古传说中，葛天氏是一位部落首领。因为他的贤能，他的百姓得以过上幸福安定的生活。清照觉得，简单的生活，便是最大的幸福。

明诚与她，门当户对，无须海誓山盟，也能获得相守的甜蜜。可惜，人世间最大的悲剧，便是你以为与他是一生的知己，却在患难之时，被他的家人当作外人。

安定，不是生命永恒的主题。古往今来，谁人不是历经波折起伏地度过一生？也许，清照也曾想过，岁月不会永远如此时这般安稳。只是，她一定不曾预料，命运竟如此残忍，让她还来不及将新婚的甜蜜记录成诗，便转瞬间将她从云端抛入谷底。

一场劫难，来得那样猝不及防，曾经最令清照感到满足的享受，一夕之间就变成了别离。仿佛一切的美好只是一场繁华旖旎的梦境，当美梦毫无预料地转变为噩梦，她竟来不及整理好心情从梦境中逃离。

原来，才子佳人，也逃不过上天的捉弄。幸运与遭遇，不过是上天早就布好的棋局，容不得他们去决定。

一句心伤，丝毫不足以形容清照当时的心境。她的一颗心，在祸起之后，几乎碎成齑粉，再也拼凑不出从前的明艳靓丽。

清照与明诚的甜蜜，似乎只维持了短短一段新婚时期。并非是他们二人的心绪有了变化，而是朝廷中的党派之争，终于祸及家中。

自从宋徽宗登基，大宋王朝便在不知不觉中走向了下坡。起初，宋徽宗也曾坚信，自己能将一个王朝带向更加繁华的巅峰。可惜，愿景终归是愿景，宋徽宗的美梦，也终究败给了无情的现实。

他将年号改为"建中靖国"，意欲公正，消灭党派之争，让大宋王朝日趋安定。为此，宋徽宗甚至下诏："其言可用，朕则有赏；言尔失忠，朕不加罪。"这样做，便是为了广开言路，收纳贤臣。这项制度也的确执行了一段时日，只可惜，宋徽宗终究称不上一位治国的明君。

建中靖国元年（1101），五十六岁的向太后辞世。向太后生前，曾独自决策迎立当时还是端王的宋徽宗继位，无论宰相章惇如何表示异议，终究没能令向太后改变主意。宋徽宗继位之后，向太后"权同处分军国事"。

向太后辞世之后，宋徽宗追念不已，将向太后的几位兄弟加封为郡王，并将向家以上三世均追列王爵，给予向家极大的殊荣。

然而，宋徽宗的治国之心，却也随着向太后的辞世发生了改变。一些人因为对那些反对新法的旧党心存不满，便在宋徽宗面前极尽挑拨滋事。为了推崇新法，宋徽宗将年号改为"崇宁"，并拜蔡京为相。至此，反对新法的旧党一派，便惨遭奸臣蔡京的残酷迫害。

当年，王安石推崇新法，是为了大宋的江山社稷长远考虑。而如今的蔡京，却打着新法的名号，极尽贪赃枉法、排除异己之能事。

崇宁元年（1102）七月，蔡京一登上相位，便向宋徽宗上书："汲引死党，沸腾异端，肆行改更，无复忌惮。"他要将旧党统统置于死地，在蔡京的鼓动下，宋徽宗下诏，将苏轼、黄庭坚、司马光、晁补之、张耒等三百余人定为"元祐奸党"，并将诏书及他们的名字诏示全国，又刻成石碑立于宫廷之外。

这三百余人，有大半都是欲加之罪。其中一些人不过是因为曾经得罪蔡京，或是与蔡京意见相左，便无端被安上了奸党的罪名。就连一些已经离世之人，依然被蔡京定罪。此时的蔡京已经在朝中只手遮天，将个人恩怨借政治之名进行报复。

因为是苏轼的学生，又与晁补之、张耒等人交好，李格非的名字自然也被列于"元祐党人碑"之上。随着罪名尘埃落定，李格非的官职也被正式罢免，并且被逐出京城，遣返原籍。

如此剧变，令清照心生萧瑟。她知道在朝中为官必须时刻如履薄冰，却不知一切的安稳都会在一夜之间支离破碎。越是渴望生活的平静，命运的波澜便会变得更加凶猛。清照此刻才知道，原来自己并不是真的无欲无求，她此刻最大的欲求，就是让时光倒流，一切都回到最初的模样。

父亲如同一棵大树，为清照一路的成长遮风挡雨。因为有了父亲的保护，她才能活得如此灿烂明媚。当这棵大树突然被连根拔起，清照除了恐惧，最多的还是因为与父亲血脉相连而感到无比心痛。

她第一次感受到生活竟然也可以如此茫然，未来的人生，究竟该何去何从？清照试图从混乱的心境中理清头绪，她第一时间想到的，便是向自己的公公赵挺之求助。

按照礼制，新婚女子是不得与公公讲话的。此刻的清照无法顾及任何礼法的约束，因为公公是她知道的唯一能够救父亲的人。

自从旧党被蔡京全部打压，支持新法的赵挺之便成了蔡京重用之人。他的官职一路攀升，此时已经成为尚书左丞，掌握朝中重权。当清照求助于他时，赵挺之第一时间想到的却是自己的仕途，以及家人的平安。他不敢做出任何违背蔡京意愿的事情，生怕替李格非求情会引火烧身。

于是，他硬下心肠，选择了缄默。清照也终于看清了世态炎凉。原来，所谓亲情，在个人利益面前竟然如此淡薄。清照只能将一腔心寒凝聚成诗，一句"炙手可热心可寒，何况人间父子情"，满含着对亲情的失望，以及对公公的讥讽。

再浓的温情，也抵不过岁月的摧残。公公无声的拒绝，化作锋利的匕首，割碎了清照的心。

清照以为，这就是残酷的现实，却不曾想到，现实远比她想象的更加无情。宰相蔡京再次颁布法令："宗室不得与元祐奸党子孙为婚姻。"这一纸法令，一下子将清照与明诚的甜蜜化作流水，她没想到，父亲已经无法被京城容纳，如今，竟然连自己都无处安身。

其实，按照法令，已经与明诚成婚的清照，可以留在赵家。然而，只要一日见到公公见死不救的嘴脸，一身傲骨的清照便无法与他共存。于是，她跟随父亲离开了赵家，离开了京城，回到了故乡济南。临行之时，清照没有整理太多行装，因为她的心，已经装满了心灰意冷。

她与明诚之间，依然有最深厚的夫妻情意，可惜造化弄人，一对相爱之人，注定要经受一场刻骨铭心的别离。纵有万般不舍，高傲如清照，也不愿向无情之人低头。她宁愿忍受相思之苦，也不愿在他人的睥睨之下苟活。

回到生养自己的家乡，本是一件安放身心的乐事。然而此时的清照，却已经被元祐之祸弄得身心俱疲。对于明诚，她是思念的，只可惜，一切都回不到从前。即便两人再度团聚，是否还能重拾往日的温情？

一剪梅

红藕香残玉簟秋，轻解罗裳，独上兰舟。云中谁寄锦书来？雁字回时，月满西楼。

花自飘零水自流，一种相思，两处闲愁。此情无计可消除，才下眉头，却上心头。

写下这阕词之时，清照正思念远方的明诚。分别的日子总是无限煎熬，尤其是到了万物凋零的秋日。湖中粉红色的荷花已经凋谢，曾经的香气如今也变成了残破的气息。独自躺在竹席之上，清照已经感受到阵阵寒意。其实，那寒意又何止来自于竹席，分明是来自心底。

开篇一句，便已将室外与室内的秋意涵盖其中。那已经香残的红藕，是室外之景；已经散发出秋日寒意的玉簟，是房内所用之物。它们的变化，都在无声地告知清照秋日的来临，天虽未寒，却已凉入心扉。

花开花落本是自然，清照却将其与自己此时的境遇联系到一起。人间的悲欢离合，不正如同那花开花落。花儿没有百日的盛放，人间也没有所谓的百年好合。

清照一日的忧愁，都已经记录在了辞章当中。那一日，她轻轻提着罗裙，独自登上一艘精美的小船，想到湖水上泛舟散心，希望秋日之景能够缓解自己的相思之苦。然而，独坐船上，清照仰头望向天空，怀远之思反而更加浓烈。

分别的这段时日，清照一直未曾收到明诚的书信。天空中一队大雁交错着排成"一"字和"人"字向南飞行，都说鸿雁传书，这些南归的大雁是否会从云彩之中投下远方传来的书信？然而，她却又害怕收到明诚的书信。因为不知他会在信中说出怎样的言语，自己又该如何回复。

一不留神，太阳已经下山，一轮满月已经高挂在西楼之上。每月十五是月圆之时，这一日，通常都是明诚从太学回家的日子。回想从前的甜蜜，清照此时的心头便越发苦涩。

她惆怅地低下头去，湖水中有落花孤零零地在水面上漂流。那湖水仿佛无情，兀自地流动着，仿佛丝毫不能体会落花对花枝的留恋之情。清照不禁苦涩地笑了，自己又何尝不像这落花，同样地相思着旧处，却不得不忍受与明诚分隔两地之苦。那落花，何尝不象征着爱情与别离，纵然花落，惜花之人却也无可奈何。

清照不禁思量："想必明诚此时也同样在思念着我吧？"虽然明诚并未寄来书信，清照依然从不怀疑他对自己的深情。他们的爱是真挚的，对于这份爱，清照是那样笃定。

同样的相思之情，让身处两地之人忍受着同样的忧愁。然而，这样的忧愁却没有化解的办法，这样想着，清照也试图让自己的神情变得轻松一些，不要整日愁容满面。可惜，刚刚将紧皱的眉头舒展开，那忧愁又立刻在心头蔓延得无边无际。

一腔不忍别离的深情，全部寄托于一阕辞章之中。清照还是一名新婚女子，本应沉浸于浓情蜜意之中。无奈祸起，她只能饱受离别之苦，却又不愿让自己沦陷于忧愁苦闷之中。于是，她只能以如此婉约的方法排遣自己的忧愁，才女清照，就连忧愁都比常人更加富有意境。

瘦比黄花的纤弱女子

　　风花雪月的尘缘，如同一场唯美的梦境。缱绻忧思，只为一场细水长流的悲欢。在指尖悄悄流走的，不只是岁月，更是漫漫红尘之中一段无处安放的青春。

　　分别的岁月里，清照对于明诚没有丝毫的怨恨。他一切的好，都被她铭记于心中。于是，清照将自己对于明诚的所有思念，全部化作一阕又一阕的辞章，她希望远在京城的他，与她能有心灵的相通，纵然不能相见，也能于灵魂深处读懂。

　　一别经年，芳华耐不过等待。清照不知何时才是两人的重逢之日，她多担心，这一等，便到了白头。

　　九月初九，又是重阳佳节。这本应是家人团聚的时刻，无论任何节日，清照对于明诚的思念都会更加重几分。她的手边，是一部唐诗，翻开的那页，正是王维的《九月九日忆山东兄弟》。清照已经反复吟诵了多遍，每当读到"每逢佳节倍思亲"，便觉得真是字字戳心。

　　相思欲寄何处寄，唯有辞章才能表明清照的心意：

醉花阴

薄雾浓云愁永昼，瑞脑消金兽。佳节又重阳，玉枕
纱橱，半夜凉初透。

东篱把酒黄昏后，有暗香盈袖。莫道不消魂，帘卷
西风，人比黄花瘦。

那挥散不去的忧愁，如同云雾一般时刻缭绕在清照的心
头。其实，那云雾又何止是愁绪？就连外面的天气仿佛都在
映衬清照的心情，重阳之日这一天从早到晚天空都布满着阴
云，更让清照感到愁闷难挨。因为天气实在不好，清照也懒
得去街市上逛逛，只好待在家中。

每当到了秋日，白昼便越来越短，可这份愁绪却让清照
总是觉得白日太过漫长，仿佛怎么都挨不过去。在清醒的时
刻，总是觉得忧愁无处排解。

对于欢乐之人，时间总是飞速流逝；可对于愁苦之人来
说，时间的脚步的确是异常缓慢。清照多希望这阴沉沉的一
日能快一点儿过去，否则，自己的心绪真的无法舒畅起来。

一名新婚女子，便要被迫与丈夫分隔两地。独守空房的
滋味，想必也只有亲身经历的人才能真正体会。

清照习惯熏香，仿佛只有那丝丝缕缕的香气，才能让她
的烦闷稍稍缓解。此刻，她觉得房中的香气淡了，回头看去，
才发现香炉中的龙脑香几乎已经燃到了尽头。

她百无聊赖地看着香炉中断断续续的青烟出神，想要出
去走走，却又无奈天气不好，可是如果就这样待在房中，又
实在闷得令人窒息。

去年的重阳节，还是清照与明诚一同度过的。今年的重阳佳节又到了，却只有清照一人独卧纱橱之中。她的头枕在玉枕之上，到了半夜时分，只觉得寒凉之气将全身都浸透了。回想与明诚相守之时，闺房中是何等温馨，与今日的寒凉真是不可同日而语。

既然苦于天气不好，不能外出散心，清照索性走出房门，来到庭院中观赏菊花。陶渊明曾在《饮酒》诗中写道："采菊东篱下，悠然见南山。"每当提到"东篱"，便是古人对菊花的代称。去年此时，明诚还陪伴清照一同观赏秋菊，可是今日，却只有清照一人独自对着菊花饮酒。她就那样静静地对着菊花坐了一日，不知不觉便到了黄昏时分。因为与菊花共处太久，清照的衣袖也沾染上了菊花的幽香。

原本赏菊就是重阳佳节一件必不可少的事情，清照此刻的赏菊，却不过是为了应景而已。她本以为，面对自己喜爱的花，能够让心情变得好一些，却不承想，愁怀不仅没有丝毫缓解，反而将她心头的愁苦搅起了更大的波澜。

触景伤情，最是心伤。再香再美的菊花，此刻也只有她一人欣赏，终究无法送给远在京城的赵明诚。清照反复吟诵着一句唐诗："馨香盈怀袖，路远莫致之。"说的不就是自己此刻的心情吗？

因为思念，清照再无赏花饮酒的兴致。她回忆起南朝诗人江淹在《别赋》中曾写道："黯然销魂者，惟别而已矣。"是啊，这无边的别离怎能让人不黯然销魂呢？忽而一阵秋风吹入房中，卷起了珠帘，更加激发清照的愁思。

她想起了白日里观赏过的菊花，那花瓣纤长，花枝瘦细，而此刻躺在珠帘中的她，已经比那黄色的菊花更加消瘦。一种人不如菊之感油然而生，令清照的满腔愁绪更加无法消除。

秋风吹得清照睡意全无，她起身下床，将此刻所感凝聚成辞章，又仔细折叠好，装入信封之中。她要将自己此刻的思念寄给明诚，让远方的他知道，身在故乡的她，因为思念，没有一日不是在忧愁中度过。

远方的明诚收到这封信笺之后，感动之余，更萌生了要与清照一比高下之心。他一连三夜未眠，创作了无数辞章。他将自己所作的词挑选了五十阕，又将清照的《醉花阴》夹于其中，拿去给自己的好友陆德夫评鉴。陆德夫仔细读罢，又赏味了很久，最终得出评论："唯有三句绝佳。"

赵明诚赶忙追问，究竟是哪三句。陆德夫不假思索地脱口而出："莫道不消魂，帘卷西风，人比黄花瘦。"明诚最后却不得不无奈承认，自己的任何一阕词，都比不过清照的这阕《醉花阴》。

不知明诚在回信中究竟对清照说了些什么，想必定是倾诉夫妻二人新婚别离之苦，以及那些连笔墨都无法诉尽的相思。

漫长得似乎永远也过不完的白昼，终究还是挨了一日又一日。秋日已尽，又是冬日。这是梅花盛开的时节，梅花也是清照最喜欢的花。每当看到梅花盛放，清照总是难免又借辞章抒发心中的感叹，这一次，她将自己因相思而憔悴的心境也融入词中：

玉楼春

红酥肯放琼苞碎，探著南枝开遍未。不知蕴藉几多香，但见包藏无限意。

道人憔悴春窗底，闷损阑干愁不倚。要来小酌便来休，未必明朝风不起。

庭院中的红梅，有着玉一般温润欲放的鲜嫩梅蕊，呈现出滋润的色泽。含苞欲放的花朵最是美好，因为它们在盛放之后必定有着无尽的美好。而已经盛放的花朵，却只能担心枯萎凋零后的凄凉。

枝头的梅花，并未全部盛开。唐代诗人李峤曾在《梅》中写道："大庾敛寒光，南枝独早芳。"都说大庾岭上的梅花，南枝落，北枝开。如今清照眼中的梅花，就连南枝之花还尚未完全开遍，那么北枝上的梅花，更是大多含苞待放。

欲放未放的红梅，有着含而不露的无限情意。不似有些花儿，外形虽美，内在却是那样空虚。

清照感叹，不知这些梅花盛开之后，会散发出怎样的幽香。但她却知道，这些含苞欲放的花蕾，必定是包含着数不尽的情意。那些情意，原本包含于清照心中，她却将自己的情转嫁到梅花身上，足以令人感叹清照在词作中的灵慧之思。

古往今来，曾涌现过诸多才女，却从未有人敢以"道人"自称，清照却敢如此。她的确有一颗向道之心，平日里也喜欢阅读一些道家的书籍。因为有心学道，清照便在词中称自己为"道人"。

然而，就连学道如此清心寡欲之事，都无法排遣清照心中的愁闷。忧愁令她憔悴，身处窗下，观赏寒梅盛放，弱不禁风的清照无力久站，可是，愁苦之情让她连身旁的栏杆都懒得去倚靠一下。

每次赏花，清照都喜欢小酌一番，含苞待放的梅花也激发了清照的酒兴。她转身吩咐侍女，取来一壶美酒，自己对着梅花自斟自饮起来。她告诉自己，大好的时光，与其因满腔愁绪而虚度，不如举杯遣怀。如果今日不对花小酌，说不定明朝风起，便没有这般机会了。

满园含苞待放的梅花，窗下一名借酒遣怀的赏花女子。惜花的清照，无论心境多么不佳，总是不愿意错过花儿盛开的每一个瞬间。若说这是一阕咏梅词，清照却通篇没有描写梅花盛开之姿，足以证明，她的愁绪，已经远远盖过了赏花的雅兴。

然而，正是这样一位憔悴的赏花人，却烘托出了红梅的意境。即便忧愁，也要赏花，可见梅花盛开之时该有多么迷人的风韵。

生命，也许正因为芬芳所以美丽。在这段分别的时日里，她静静地品读自己的心音，倾听着花朵盛开的刹那缓缓倾诉的絮语。

多少文人墨客，留下了数不尽的咏梅诗词。傲立霜雪的寒梅，的确值得去吟咏。不过，能如清照一般，将梅花的神韵勾勒得如此雅致的，却屈指可数。

清代词人朱彝尊曾在《静态居诗话》卷十中写道："咏物诗最难工，而梅尤不易。"这是因为，咏梅之人太多，再高洁的品质书写得多了，也难免雷同，难于免俗。于是，朱彝尊才又写道："李易安词：'要来小酌便来休，未必明朝风不起。'皆得此花之神。"

清照在词中吟咏的梅花，其实更像是她自己。既然忧伤无法排解，不如将梅花视作自己的同道中人。在赏花之时，也将梅花当作知己。于是，清照不知不觉地举起手中的酒杯，邀梅花共饮。今夜，她一定是要带着醉意睡去了。她不愿独醉，希望能有梅花陪伴她微醺。

一句"未必明朝风不起"，不仅蕴含着清照要珍惜此刻时光之意，更暗含着她对自己未来命运的忧心。如果一阵狂风袭来，枝头的红梅必定香消玉殒。那么自己的，自己的生命中已经遭遇了一场狂风。虽然她幸存了下来，却不得不忍受与明诚分隔两地之苦。

她认为，在风雪中生存的梅花，一定是最懂她的花。也许，与梅花同醉，能够让他们彼此互相安慰对方的愁肠吧。

因为对梅花的敬仰，清照才愿意将梅花比作人。梅花有着高洁的梅魂，清照有着超尘脱俗的情操。他们二者是那样相似，唯有同道中人，才能彼此惺惺相惜。

咏梅词的委婉，像极了清照曲折的心境。梅花一开，便代表着春日即将来临。清照是那样喜欢春天，却又感叹春日易逝。

她多希望明诚此刻能够前来陪她一同赏梅，那她便不至于如同现在一般愁情缱绻，痛苦难挨。她日日都在翘首企盼着明诚的到来，可惜，无情的现实总是棒打鸳鸯。上一辈人的恩怨，无端地落在清照与明诚身上。清照那娇弱的身躯，又如何能承担得起政治之祸？

清照此生最大的期盼，便是在最美的年华里拥有最好的人生。那样的话，即便有朝一日青春消逝，繁华成为过往，她也不会在自怨自艾中哀度余生。

只可惜，生而为人，失去的永远大过于得到。清照看着空空如也的酒杯，不知道自己此刻除了心伤，还能拥有什么。也许，放下了，才能心安。然而，红尘中的一切情爱与眷恋，又哪能是说放就放得下的？

日渐老去的心

再锦绣的年华，也抵不过苍老的时间。纵然有着仪态万千的风华，在岁月的折叠之下，一颗心还是无可挽回地日渐老去。

清照总是难忘，新婚之夜的情形，两人将各自的头发剪下一绺，系成同心扣，再抛掷于床下，象征他们夫妻从此结发，举案齐眉，携手一生，荣辱与共。

谁承想，赵府的荣，与李府的辱，竟然一同袭来。同床共枕的夫妻，一夕之间天差地别。她的父亲，是朝廷的罪人；他的父亲，被朝廷赐予功勋。可笑的是，赵府的功勋，建立在对李府的打压之上。所谓一家人，又何曾真的将心结在一起？

每当想到这些，清照都觉得自己的遭遇可悲而又可笑。她与明诚，都是这场党争之下的牺牲品。他们原本已经执手，却又无奈别离。没有一日，清照不是在牵挂中度过。她也坚信，明诚也定如她一般，朝朝暮暮地思念着自己。

无情的现实，无法逃避。每日睁开双眼，无声无息的悲伤便蔓延至心底。洞房花烛，仿佛还是昨日发生的事情。那摇曳的红烛，分明还晃得一室朦胧，怎么此刻，却已经沦落到这般境遇？

也许，世间最难守护的，便是一份安稳。心思敏捷的清照，因为看透了太多事情，才会比懵懂女子更多了几分伤心。

她多害怕，就这样与明诚天各一方。一纸婚书，本已将他们的生命联系在一起，已经得到的，怎能就这样轻易失去？

令清照几乎凄冷的心依然保留着一丝温度的，便是最令她念念不忘的明诚。只要想到他，便如同一阵春天的和煦东风吹入心头，有了他的存在，清照才不会过于担心自己芳姿憔悴，如同那被狂风吹淡了浓香，吹落了繁华的落梅。

临江仙

庭院深深深几许，云窗雾阁春迟。为谁憔悴损芳姿，夜来清梦好，应是发南枝。

玉瘦檀轻无限恨，南楼羌管休吹。浓香吹尽有谁知，暖风迟日也，别到杏花肥。

家中庭院，层层叠叠，就连清照自己也说不清家里的庭院究竟有多深。词中一连三个"深"字，更加让人觉得清照所居住的房子有一种院宇深邃、气象雍容之感。

因为有着深邃的庭院，必定有着高耸的楼阁。清照的闺房，便位于高阁之上。李府的宅院，依然保持着富丽清幽的景象。这是清照自幼长大的地方，对这里，她有着挥之不去的眷恋。

隔着窗户，清照依稀能感觉到淡淡的雾气弥散在房子的四周。也许这是因为楼阁太高的缘故，清照喜欢自己房间所处的位置，窗外的云雾为她营造出一种缥缈清幽之感，令她感觉自己居住的地方是一处高出尘寰的所在。

每年的这个时候，春日已经迫不及待地来临。今年此时，却迟迟没有听见春的脚步。难道春天也能体会清照伤怀慵懒的心境，为此才姗姗来迟？

其实，并非是春日没有到来，而是清照的心境还停留在冬日的寒冷之中。春光早已遍洒大地，唯有这位闺中思念丈夫的女子，感受不到春光的眷顾。

清照觉得自己的容颜都已经憔悴，这一切都是因为对明诚的思念造成的。所谓爱情，便是一件折磨人的事情，清照此刻便被这份无法相守的爱情折损了芳姿。

想要与明诚相见，是唯有在梦中才能实现的事情。这一夜，清照终于在梦中与明诚团聚，梦中的清照，心情大好，然而醒来之后又不免唏嘘感叹，一切的美好不过是南柯一梦。

也许，唯有庭院中的梅花，才能稍稍舒缓清照的心绪。她忽然想到，应该是南枝梅花盛开的时候了。梅花姿容清瘦，红而不艳，自身便带着些许傲然与怅惘。一曲笛子吹奏的《梅花落》悠然飘入窗内，闺房之中的清照只觉得这笛声包含了无限怨恨惆怅之情。她多想让那吹笛人立刻停下来，这哀怨的笛声吹得她心绪更加烦乱了。

想到此处，清照不禁有些嘲笑自己。她将梅花看得无比珍贵，可像她这般怜惜梅花的，又有几人呢？哪怕就算梅花落尽，也鲜少有人在意吧？她多希望春日能走得慢一些，让梅花在枝头多绽放一些时日。不要一不留神,温暖的春风就吹开了丰腴美好的杏花,让清瘦的梅花再无容身之地。

梅花,便是清照对自己的暗喻。女人如花,韶华易逝。纵然有再深的爱意,终究抵不过岁月的年轮在眉梢眼角碾轧出或深或浅的痕迹。许久未见,明诚的身边是否已经有了杏花盛开,而忘了她这朵清瘦的梅花? 一想到这里,清照便有些害怕。她赶忙阻止自己的思绪再继续下去,在心中一遍又一遍地告诉自己,无论何时何地,明诚的心始终都会和自己的心贴在一起。

自从别离,清照无时无刻不在盼望明诚能来济南探望自己。她从早梅绽放,一直盼到杏花开遍,再到菊花的香气沾染衣袖。一年多的时间飞速流逝,如今又一个春日将逝,心头的伊人却迟迟未能出现。唯有清照一人孤赏花开花落,满园春色,尽数化作愁情。

一场春雪过后,春日已经渐渐来临。梅花的香气,已经不再浓烈。残存的一丝花香,也无法再浸染清照的衣袖。许多欲语还休的话语,就留给笔墨去讲述吧:

满庭芳

小阁藏春,闲窗锁昼,画堂无限深幽。篆香烧尽,日影下帘钩。手种江梅渐好,又何必、临水登楼。无人到,寂寥浑似,何逊在扬州。

从来,知韵胜,难堪雨藉,不耐风揉。更谁家横笛,吹动浓愁。莫恨香消雪减,须信道、扫迹难留。难言处,良宵淡月,疏影尚风流。

虽然春日尚未正式到来，家里的阁楼中已经有了春天一般的温度。阁楼处便是清照的闺房，此刻的她是寂寥的，窗内窗外，都是一样的安静，漫长的白昼，依然如同永远都过不完一般，让她更觉闺中寂寞。

她试着走出房中，让外面的景致排遣一下自己的寂寞。初春的白天，应该是充满生气的，深藏在闺房中的人，虽然能娴静地独处，却难免觉得被窗外的生机抛弃了。如果整日闷在房中，几乎感受不到外面生机盎然的景象。

走出房门，便是与内寝连接的厅堂。清照在济南的家中，设有画堂，这是书香之家特有的布置。走在画堂中，清照感觉这条路既狭长，又黯淡，仿佛比平日里更加幽深。在出嫁之前，清照是十分喜欢这幽深的画堂过道的，因为身处此处，让她能够躲避外界的喧嚣，拥有属于自己的宁静。然而，寂寞久了，这份宁静也能化作蚀骨的毒，令她感到窒息。

少女时的清照，每日仿佛都有做不完的事情，任何一件小事都能引起她的兴趣，时间也就在不知不觉中过得飞快。如今，对于时间的流逝，清照只能从燃烧的盘香上去判断了。

香炉中几乎已经燃尽的盘香，证明着这一日的时光即将流逝。窗外的日影，已经渐渐下沉到了帘钩之上，每当此时，清照便知道黄昏即将到来。

虽然父亲被朝廷罢官，驱逐出京城，但相对于寻常百姓人家，李府的家境还算是富足。清照的生活，依然像从前一般富贵而安闲，唯一不同的，是她的周身都笼罩着清冷寂寞。

走出画堂，清照来到庭院之中。院中的江梅是梅花中上好的品种，也是清照亲手栽种下的。刚栽下它们时，那些梅花的枝干还有些纤瘦，如今已经渐渐长得越发粗壮了。这令清照感到欣慰。她走出闺房之前，本想临水登楼赏玩风月，可是看到这些江梅，一时间便无比知足。清照觉得，与这些江梅独处，更胜于临水登楼。那些亲手栽种的梅花，让她对其他景物都失了兴致。

当年，南朝诗人何逊在扬州时，见到那里梅花盛开，便写下一首《咏早梅》诗：

> 兔园标物序，惊时最是梅。
>
> 衔霜当路发，映雪拟寒开。
>
> 枝横却月观，花绕凌风台。
>
> 朝洒长门泣，夕驻临邛杯。
>
> 应知早飘落，故逐上春来。

清照喜爱梅花，古人的咏梅之诗，她总能信手拈来。何逊写下《咏早梅》，是因为看到寒风之中唯有梅花凌寒独自绽放，遂心有所感。清照似乎能体会他的心境，满园梅花，一定是令何逊由花事联想到人事，想起人间的诸多悲欢离合。于是，他面对着梅花心生彷徨，终日不曾离去。

何逊对梅花的痴情，完全是因为寂寞苦闷之情所致。清照又何尝不是呢？最盼望出现的那个人，迟迟未曾出现。在如此寂寥的环境当中，她独自一人观赏着梅花，此刻的心境，就如同何逊当年在扬州时独自对花彷徨一般。此情此景，令清照与几百年前的那位诗人产生了跨越时空的共鸣。

世人只知赏梅，借梅花大发诗兴，却不知梅花亦是耐不住风雨的摧残。虽然能够傲雪而开，但娇弱的梅花依然难以经受雨打，更耐不住狂风的摧残。再优雅美好的梅花，在狂风骤雨之下，依然会变得残破凋零。那些残破的梅花是多么不幸，清照觉得此时的自己就像被风雨摧残之后的残梅。而真正如她一般，既爱梅，又惜梅的人，又有多少？

因为风雨的摧残，院中的江梅已经不复存在盛放时的风韵。落花遍地，暗香消减。清照不禁有些迁怒于春日的风雨，它们为何会如此无情？

远处传来一阵笛声，不知是谁又在吹奏一曲《梅花落》。哀伤的琴音，令清照愁绪更盛。看来，今日的忧愁，注定是无法排解的了。

凋零，是花朵的宿命，那女子呢？每当想到自己的命运，清照的浓愁便愈加浓厚。她总是试图排解自己的忧愁，每当愁绪泛起，她便想方设法将自己的思绪转移，不让自己在无边的愁绪中越陷越深。

清照转念一想，其实，凋落的梅花，依然似雪般洁白。那暗香逐渐变淡，也没有什么可怨恨的。她依然相信，梅花凋落之后，虽然踪迹难寻，但它的情意，却长久地留在人间。

因为对梅花的喜爱与怜惜，清照对于梅花才能产生如此深切的抚慰与倾慕之情。她甚至有些眷恋梅花的高洁品行，在梅花面前，多日来的孤寂与寥落似乎一扫而空。

也许是因为这些江梅是清照亲手所种，所以她才能觉得自己与它们的心灵相通。清照与梅花，几乎达到人梅合一的境界。清照自己，又何尝不是"疏影尚风流"。

她自己的遭遇，无法对外人言说。那么，索性就去畅想一下，某一个美好的夜晚，淡淡的月光在地面上投射下梅枝横斜的优美姿影，依然展现出梅花的俊俏与风流。这便是梅花留在人间的情意。到了明年此时，它依然会准时盛开，为世人带来春的音信。

　　经历了一场人生变故，清照依然能如梅花般孤高自傲，哪怕经历再多的苦难，依然对人生抱有一份信心。这便是清照不流于世俗的个性。再清冷寂寞的环境，依然无法让她沉浸于悲伤之中一蹶不振。

　　也许是源自于骨子里的倔强，清照总是觉得，寒冬总会过去，春日的蓬勃也总会来临。狂风骤雨能摧残娇嫩的梅花，但到来年冬春交替之时，它们依然会傲雪盛开。

　　有人说，清照的这阕咏梅词，应该题为"残梅"。可是，以清照的个性，并非是一味地为梅花的凋零而伤感，而是要借梅花的高雅，来抒发自己的情思。

　　一杯温酒，为双颊添上一抹微红。此刻，依然是清照最美的年华。她的眉梢，挂着些许苦涩，嘴角，却翘起好看的弧度。她在耻笑时光匆匆，想要蹉跎她的年轮。

缱绻深情　话与谁知

风花雪月，如一场美好的梦境。漫漫红尘，只为一人缱绻了深情。无论悲愁，她只愿与一人共度，哪怕一夕白头，亦能无悔笑称已经携手一生。

女子伤春，男子悲秋。春日一到，便能惹来清照的伤春之情。外面的一切景物，都能勾起清照的凄楚孤寂。她索性将自己的所见所感汇入辞章，让忧思也有诗词的意境：

浣溪沙

髻子伤春慵更梳，晚风庭院落梅初。淡云来往月疏疏。

玉鸭熏炉闲瑞脑，朱樱斗帐掩流苏。遗犀还解辟寒无？

女为悦己者容，能为清照而喜悦者，远在千里之外的汴京。《诗经·国风·卫风·伯兮》有云："自伯之东，首如飞蓬。岂无膏沐，谁适为容？"清照觉得，这简直说的就是此刻的自己。独守空房一年多，容颜再美，又给何人欣赏？想到此处，清照就连头发也懒得去刻意梳理了。

李府深邃的庭院之中，已是夜幕降临。一阵料峭的晚风吹过，梅枝上已经凋残的梅花开始随风飘落。这是怎样一种凄凉的景象，让清照如何能不悲伤。

偏偏这一晚的天气又不好，已经暗下来的天空中布满厚重的云朵，月亮在云朵的缝隙中时不时露出身影，在飘浮的云朵中洒下忽隐忽现的月光。

在庭院中徘徊许久，清照发觉自己的愁绪没有丝毫缓解。无奈之下，她转身回到房中，以为房中的温馨会让自己的情绪稍有舒缓，却没想到，迎接她的，依然是一室凄清。

房中玉制的鸭形香炉中，瑞脑香已经燃尽。若是有着袅袅香烟，房中或许还有一些生气。此刻，那已经冷掉的香炉，正如同清照冷漠的心情。房间中静得连一丝风也没有，床畔绣有红色樱桃的方顶小帐，安安静静地掩藏在流苏的身后，整个世界仿佛就这样凝固下来一般。

一股凄冷之意，由清照周身蔓延至心底。无意中，她看见铜镜中的自己，发髻因为未经梳理，略显凌乱。她在妆台旁坐下，看见铜镜旁摆着的一把犀牛角制成的梳子。这种犀牛角，是由通天犀的角制成，十分名贵。据说将这种犀牛角放置于殿中，会散发出袭人的暖意。因此，人们也将这种犀牛角叫作辟寒犀。

清照将梳子握在手中，却丝毫没有感受到暖意袭来。难道，就连这辟寒犀都无法焐热心底的寒冷了吗？

因为春天的到来而心生伤感，便是所谓的伤春之情。一如欧阳修在《蝶恋花》中所说："每到春来，惆怅还依旧。"

就连身为男子的欧阳修都有伤春之意，更何况本就惜春的女子清照。

重温那一段开怀的岁月，清照持一颗素心，感悟着命运加载给自己的一切。她与他，曾一同听过风雨的呢喃，在四目相对的刹那，有太多无法言说的温婉与感动。

那段岁月，是有香气蒸腾的。那或许是一段最寻常的人生，却也是清照此刻最求之而不能得的寻常。

春日的确如同清照担忧的那样，匆匆地来，又匆匆地去。当夏花开尽，又是一年七夕。

自幼，清照便听着牛郎与织女的故事长大。故事中的织女，是玉帝的第七个女儿，她年年织杼劳役，织成云锦天衣。一日，织女与姐妹同去凡间游玩沐浴，与凡间的一名贫苦放牛郎一见钟情。两人在凡间偷偷结成夫妻，并生下一对儿女。

当玉帝得知织女在凡间的所作所为，立刻勃然大怒。他派出天兵天将，将这对夫妻强行拆散。为了不让牛郎追赶上织女，王母用金簪划出一道银河，将两人彻底隔绝。

回到天宫的织女，从此郁郁寡欢。她不再织造云锦，也忘记了打扮自己。王母念其可怜，便允许牛郎与织女在每年七月初七之夜，隔着银河遥遥相见。

无奈银河太过宽广，两人虽能相见，却无法倾诉离别之苦。喜鹊们可怜牛郎织女的望而不得见，便以身躯搭建起桥梁，让牛郎与织女在鹊桥上重逢。

彼时的她，依然懵懂，尚不知分离之苦为何物。每当长辈们讲起这个故事，总会伴随一声悠长的叹息。清照却只沉浸在对天上世界的幻想里，任长辈们的叹息穿越肺腑，清照依然无法理解天上那对分别的恋人心头的情与愁。她更未曾想过，爱而不得见，竟成为自己此生的宿命。

此时，在清照与明诚之间，仿佛隔着一条无法跨越的银河。他们各守彼岸，遥遥张望，日日企盼。他们都认定，彼此的怀抱，才是最温暖的归途。只可惜，纵有千言万语想要倾诉，却远隔万水千山，无法触碰。

清照多希望，能有喜鹊为自己搭起鹊桥，她与明诚也能如同牛郎织女一般踩着鹊桥相会。她甚至有些羡慕牛郎织女。他们一年尚且能团聚一次，而她与明诚呢？当日一别，已近两年，重逢之日究竟在何时，谁人又能知晓？

行香子

草际鸣蛩，惊落梧桐。正人间天上愁浓。云阶月地，关锁千重。纵浮槎来，浮槎去，不相逢。

星桥鹊驾，经年才见，想离情别恨难穷。牵牛织女，莫是离中。甚霎儿晴，霎儿雨，霎儿风。

织女手中的丝线，纠葛着生生世世的情浓。置身于天宫一隅，她也已经阅尽凡尘人生。为何一个"情"字终究无法冲破，她那醉人的容颜，始终挂着一丝忧愁。

团聚的日子，每一天都如同烈酒，弥散着醇香，醉了心扉。分别的时光，却如同水酒，无味的白水，让烈酒变得寡淡无味，欲多饮几杯，醉意却早已冲上额头。

如果有一天，等待变成了习惯，清照不知自己的灵魂是否会像那掺了水的酒一般索然无味。只可惜，京城与济南，相隔千里，纵然思念，却也是身不由己。

转眼又是一年七夕，到了牛郎与织女团聚的日子。在这样的日子里，饱受离别之苦而形单影只的清照如何能不感叹命运对自己的捉弄。

都说七夕之夜，静坐花下，便能听到牛郎织女所说的悄悄话。清照此时哪有这样的心境，不过，她依然不愿将自己困守于闺房之中。看着月色正好，便走出房门散心。

今夜，是那样安静，静得可以清清楚楚地听到蟋蟀在草丛中发出窸窸窣窣的叫声，还有那梧桐树叶掉落在地上的声音。这样静谧的夜，平添了一丝凄凉之情。耳边的这些声响，令清照觉得更加感伤。如果明诚此刻在身边相伴，一定会与她窃窃私语，她的耳畔，一定充斥着他温暖的语调，让她忽略外界的一切声响。

人间的清照，愁情满怀；天上正在团聚的牛郎织女，又何尝不是一腔愁情呢？一年当中，唯有这一日，牛郎织女可以相互倾诉一年来的别离之苦。可是，过了今夜，两人又要分别一年。这样的心情，岂不是更加痛苦。

所有心酸，都被清照写进了"愁浓"二字当中。她仰头望向夜空中的云与月，以及那挂在天边、阻隔了牛郎与织女的银河，思绪渐渐游离，飘到了天上的世界。

在上古传说中，有一种能够往来于海上与天河之间的木筏，叫作浮槎。据说，乘坐着浮槎，在海上航行十余天，便可到达天上。在天上的世界里，也同人间一样，有殿堂楼阁，却比人间的更加壮丽。

天上的世界，以月为地面，以云为台阶。如果有缘，还可以看见织女在宫中织布，亦可看到牛郎在河的另一边饮牛。只可惜，因为银河的阻隔，牛郎终究无法与织女相逢。除了每年的七夕之外，牛郎与织女便如同浩渺星河中的浮槎，纵然游来荡去，也终不得相见。

长长的一座鹊桥，承载着牛郎织女数不尽的离愁别恨。于他们而言，一年一次的重逢，算不上馈赠，只能称之为施舍。这样的幸福实在太微不足道，两行眼泪，便能轻易冲淡相逢的喜悦。

若说有谁能体会牛郎织女的分别之苦，想必那个人便是清照了。月凉如水，沁入心扉，思绪于红尘中辗转，蔓延出浓浓的念。

她不禁喃喃自语："想必此时鹊桥已经搭好，牛郎织女已经重逢了吧？一年才能见上一面，他们一定有着说不完的离愁别恨，诉不完的衷情。"感叹之间，天气忽然起了变化，一会儿晴，一会儿雨，一会儿又刮起了风。清照猜测，也许此刻到了牛郎织女不得不分离的时刻，否则这天气怎会如此多变，像极了离别之人的心情。

一连三个"霎儿"，饱含了清照的幽怨不尽。世人都用牛郎织女来比喻人间别离的男女，多少人为他们的不幸唏嘘感叹，唯有清照，正身处其中地感受着人间最折磨人的离愁别情。想见而不能见，最是心痛。

第四章

屏居　碧云笼碾玉成尘

最销魂雾散月明

　　无边的暗夜，渐渐消逝；蔓延的悲伤，只留残骸。那些形单影只泪湿衣襟的日子，以为远远没有尽头，却又忽然之间阳光洒满了庭院，暖风送来了和煦。

　　这一场离别，实在太久太久。似乎已经久到令清照忘记了时间，胸腔无时无刻不被思念与忧愁填满。她从未想过，与心爱之人相守，也会成为一种奢望。也许，命运不会轻易允许任何一人躲过尘世的纷争，不经历一些坎坷与磨难，便无法淡看庭前花开花落。

　　这是清照第一次萌生出对命运的无奈。从前的她，是那样率性而又桀骜的一名女子。她说的每一句话，做的每一件事，无不是由心而发。清照曾经以为，世间最快乐的事，莫过于坦然做自己，可现实便要让她承认，没有任何一人能一生都按照自己的想法而活。

　　她感叹自己，并不如自己想象般洒脱。有时候，人也是在为别人而活。

　　清照几乎就沉溺于认命的惆怅中无法自拔，女子的青春，是如此短暂。也许还来不及等他好好欣赏，她便已经凋零老去。她已经不记得自己有多久没有绽露过笑颜了，只有在想到明诚的时候，心头才会有些许的暖意流淌。然而这暖意却稍纵即逝，要不了多久，取代这丝暖意的，又会是彻骨的寒。

也许，命运是公平的，它时而无情地将人们从欢乐中抽离，又会在某个不经意的时刻，将那份几乎被遗忘的欢乐捧到人们面前。

崇宁五年（1106），一日清晨，清照刚刚从睡梦中苏醒，一封由汴京寄来的书信送到了她的手中。她原本以为，信里面应该是明诚在对自己讲述一些最近的经历，或者是他最近又写出了好的辞章，想与自己分享。自从分别以来，书信便成了清照与明诚传递情感的唯一方式。这一次，清照同以往一样，迫不及待地拆开书信，想知道明诚想要对自己说些什么。

信刚刚读到一半，清照简直不敢相信自己的眼睛。明诚在信中告诉她，朝廷对元祐党人的态度已经松缓了，他与清照再也不用像牛郎织女一样忍受分别之苦了，清照可以尽快启程，回到汴京来。

仿佛一天云雾在这一刻统统消散，清照不敢想象，自己日日期盼的团聚，竟然来得如此猝不及防。她匆匆起身，吩咐侍女替自己打点行装。她在心中一遍又一遍地告诉自己，这将会成为她与明诚此生最后一次分离。

不知不觉间，明媚的笑容已经绽开了她紧缩的眉头。看着侍女忙碌的身影，清照忽然感觉到一种幸福。也许，在未来的某一个日子里，她会与明诚一起，回味曾经一同经历的甘苦：

小重山

　　春到长门春草青，江梅些子破，未开匀，碧云笼碾
玉成尘，留晓梦，惊破一瓯春。

　　花影压重门，疏帘铺淡月，好黄昏。二年三度负东
君，归来也，著意过今春。

　　在西汉时期，有一座宫殿，名为"长门宫"。当年，汉武
帝的陈皇后因妒失宠，被打入长门宫，司马相如还专门在《长
门赋序》中提到此事。于是，世人便将女子冷寂孤独的住所
代称为"长门"。与明诚分别的这段时日，清照觉得自己的孤
寂丝毫不逊色于被打入长门宫的陈皇后，于是，"长门"一词，
便成了清照对自己住所的代称。

　　许多皇宫中失宠的嫔妃被打入冷宫，那里之所以称为"冷
宫"，并非是因为一年四季都处于严寒之中，而是因为那里的
女子，皆因失意而心灰意冷。那冷从心底蔓延至周身，时日
久了，便觉得宫中都散发着逼人的寒气。

　　虽然清照的闺阁不似冷宫般凄凉，但近年来，纵然春去
春回，清照依然感受不到春日的暖意。她本以为春日的暖阳
再也照耀不进自己的心里，没承想，春意却刹那间便吹入家
中，吹绿了庭院中的小草。

　　去年此时，纵然梅花盛放，也无法令清照真正开怀。此
刻，她亲手种下的那些江梅，只有少许的花苞吐露出稚嫩的
花蕊，梅枝上的花苞尚未全部盛开。即便如此，清照依然觉
得，这正是赏梅的好时节。

李清照词传｜109

眼中的风景，因为心情的不同而蒙上了姹紫嫣红。那尚早的春色，看在眼中却无比销魂。

　　即便是启程回汴京，也不是一时之间的事情。清照有些笑自己心急，看到案上今春的新茶，她索性坐下来为自己沏一杯茶，将自己的喜悦都融进香甜的茶汤之中。

　　她从茶团之上轻轻掰下一块，再放进茶笼中，添进少许香料，用碾茶的器皿将茶饼碾碎。这样一个简单的动作，在清照眼中都充满了诗情画意。她觉得那碧绿色的茶饼如同翠玉一般，在茶器的碾轧之下，细得就如同翠玉的粉末。

　　清照回想自己刚刚在醒来之前，似乎做了一个并不快乐的梦。可是一醒来却收到明诚的信，令她快乐得好似身在梦境。一杯春茶被清照缓缓喝下，她的心绪才渐渐平复，更顿觉神清气爽。不知为何，今年的春茶似乎格外香甜，院外的梅景也异常动人，仿佛一切美好，都凝聚在这一杯春茶当中。

　　几杯春茶过后，清照忍不住走出房门，到庭院中去观赏梅景。这一日的时光流逝得飞快，含苞待放的梅蕊陪伴着清照从清晨到黄昏。回到房中的清照，依然欣赏着层层的梅影掩映着重重的房门，黄昏的夕阳将花影投射得更加浓重，仿佛满园的梅花都已经盛开一般。

　　夕阳还没有完全落山，月亮便迫不及待地在窗帘上铺洒下匀称的清辉。这是一个多么美好的黄昏，一切都是那样静谧而优美。此刻，房中的寂静再也不会令清照觉得冷清，有了月光与花影相伴，今夜必定会拥着好梦入眠。

　　躺在玉枕上，清照细数着与明诚分别的天数。仔细想来，二人分别已有两年，其中一年又恰逢两个立春。那便意味着，沉浸于悲愁中不能自拔的清照，已经辜负了三个春天的春景了。京城的春景是迷人的，哪怕辜负一次，也那样可惜。更何况，她已经一连三次辜负了春神。

如今，她即将归来，与明诚也很快就会团聚。那么，这一个春天，是无论如何都不能辜负的了。她要将过去对三个春天的辜负统统弥补回来，将这个春天过得异常多姿多彩。

清照心底的激情，再也无法按捺。明明刚刚就寝，又从床上匆匆起身。她要将这一日的喜悦统统记录下来，这些都是她想要对明诚讲的情话，话语中的温馨，明诚一定能够读懂。

两年来的独居之苦，在重逢的喜讯到来的刹那立刻化为乌有。她又变回了那个率真的清照，愿将所有的情感不加雕饰地流露出来。忸怩作态，从来就不是清照的本性。若说之前她对明诚的思念如梦如痴，那么此刻，也已经从噩梦中醒来了。

清照的喜悦之情是那样溢于言表，她甚至无暇去思考，这喜讯为何来得如此突然。

自从赵挺之官至尚书右仆射，他的三个儿子也随即走上了仕途。明诚结束了太学求学的生涯，在朝中也获得了一官半职。赵家父子四人，官位节节攀升，在朝中成为举足轻重的臣子。

而另一边，一手将赵挺之提拔起来的蔡京却并不那么幸运。他所做的一切恶行，都换来了百姓的怨声载道。久而久之，蔡京在朝中的地位已经不再牢固，许多曾经依附蔡京之人也渐渐开始动摇。

善于审时度势的赵挺之，早已看出宋徽宗对于蔡京不如往日般信任。于是，在单独觐见宋徽宗时，赵挺之总是找机会将蔡京的恶行透露给宋徽宗。赵挺之知道，自己这样做，便是将蔡京得罪透了。如果蔡京没有被绊倒，还继续在朝中为官的他一定会遭到蔡京的报复。

于是，赵挺之向宋徽宗上书请辞。其实，这并非是一纸真的辞呈，他只是想暂时避一避风头，待蔡京被绊倒，宋徽宗想起赵挺之的功劳，会重新将他召回朝中。

赵挺之的如意算盘打得的确好。接到他的辞呈，宋徽宗便应允下来，并且赐予赵挺之一座宅邸，继续留在汴京居住。不过，聪明的赵挺之，怎么会在汴京的宅邸中安心住下来。只要一日不离开汴京，蔡京便有报复他的机会。若是如此，赵挺之便要每日都在惶恐中度过。他无法忍受这样的日子，决定离开京城，回到家乡隐退。

在青州，赵挺之早已建造好一处宅邸。既然去意已决，他便再次上书宋徽宗，恳请皇帝恩准他回归青州。得到宋徽宗的允准之后，赵挺之立刻吩咐下人收拾行装准备启程。然而，赵挺之还没来得及上路，一道划破天际的彗星，便打消了他的全部顾虑。

彗星出现，引得宋徽宗异常惶恐。古人一直将彗星当作不祥的象征，看到彗星出现，便认为是上天在警示人间，有不好的事情发生。惊慌失措的宋徽宗，将如此不祥天象加在了蔡京的头上。他认为是因为蔡京犯下屡屡恶行，才使自己遭到上天的警示。于是，宋徽宗将蔡京此前做过的大半决策统统推翻，其中便包括接触元祐党人的党禁，又将元祐党人碑摧毁。

虽然明诚在信中并没有细说这些原委，聪慧的清照还是知道，强加在父亲头上的罪责已经被摘掉了。于是，她一身轻松地回到了汴京——那个令她日夜惦念了两年的地方。

当她返回汴京时，公公赵挺之已经再次入朝为官。宋徽宗念其弹劾蔡京有功，特许他仍为右仆射之职。

回乡隐退之事，就此搁置。赵挺之欣然赴任，以为从此以后有了宋徽宗的信任，便可在朝中纵横自如。谁知，天意总是弄人，那一边，赵挺之刚刚放下一颗悬着的心，认为蔡京再也不能报复自己，这一边，宋徽宗便恢复了蔡京的宰相之职。

究竟为何宋徽宗会做出如此荒唐的决定，已经无从考究。唯一可以确定的是，他是一名彻头彻尾的昏庸之君。重新登上相位的蔡京，要做的第一件事，便是打压那些曾经在宋徽宗面前弹劾过他的官员。赵挺之便是首当其冲的一个。

赵挺之硬撑着与蔡京斗了一段时日，终究还是抵不过"权势"二字。蔡京凭借自己宰相的权势，用尽各种手段对赵挺之进行打压。到最后，赵挺之甚至无力反抗。不知他是否后悔当初在宋徽宗面前弹劾蔡京，也不知他是否后悔要重回朝中任职。

几番挣扎之后，赵挺之终究还是斗不过蔡京。不久之后，赵挺之被朝廷罢职。这样巨大的打击，让他来不及回到故乡隐退，便匆匆在汴京离世。

残忍如蔡京之辈，绝不会因为敌人的死去便放过敌人的家人。就在赵挺之离世后的第三日，蔡京就下令，对赵挺之远在青州故里的一众亲友进行审讯，又将明诚三兄弟投入狱中。

刚刚团聚，便要无端再次分离。清照一时有些不知所措。她唯一可以确定的是，无论发生了什么，都再也不要与明诚分开。于是，她四处打点，希望早日将明诚营救出来，又对牢头许了好处，准她日日来探望明诚。

关在狱中的明诚，落寞之情溢于言表。看到清照，他一句话也说不出，只是止不住地流泪。男儿之泪，异常心酸。他因丧父之痛而悲伤，又为有妻如此而感动。

当初李家失势，赵家袖手旁观。身为李家女婿的赵明诚，也未曾为岳丈及妻子做些什么。如今赵家失势，清照却能不离不弃。明诚心头，除了感激，便是感动。

索性赵挺之在为官之时并不曾贪赃枉法，算得上一名清廉之官。纵然蔡京极力诬陷，那些罪名却最终无法落实，明诚三兄弟也就此脱离冤狱。只不过，兄弟三人的官职都已经被罢免，对于明诚来说，汴京是他的伤心地。他要带着清照离开这里，回到故乡青州，在那里与清照过着离世隐居的日子。

如此与世无争的生活，是清照毕生所想。她只愿，余生静好，波澜不惊。

"别是一家"的《词论》

尘世间的错过与遇见，情感中的爱恨与缠绵，终究逃不过一个"缘"字。如同《红楼梦》中的那棵绛珠草，千年之前，受神瑛侍者雨露恩惠；千年之后，便化作女子，用她一生的眼泪去偿还。

青州屏居的生活，清照与明诚相守了十年。这十年的恩爱，仿佛就是命运恩赐给清照的雨露。然而，十年之后，却令她的余生与泪水相伴。

能够与明诚相守，让清照倍感珍惜。她觉得这是自己生命中最灿烂的一段岁月，每一天，她都将生活过得淡泊而又精致。更将明诚当成生命中的瑰宝，深深地嵌入心底最深处，丝毫不去考虑，若有朝一日将他从心底剜除，该会有多疼。

清照一生的快乐，也许都在这屏居青州的十年岁月里用尽了。在这段岁月里，她是他最温柔的妻，为他用尽万般柔情。所谓郎情妾意，当是如此。纵然明诚刚刚经历丧父与罢官之痛，依然被清照的明媚点亮了双眸。

仕途并不是赵明诚真正的追求，他的一腔热情，依然愿意用在金石上面。当远离繁华的汴京，不再受权力纷争的侵扰，两人觉得如同置身世外桃源，从未感觉过日子如此时这般惬意。

她就如同他的林妹妹，他便如同她的宝哥哥，她从不奢求他成为达官显贵，只愿他淡然做着自己。

两人商议着，应该为书房取一个名字，将两人的志趣蕴含其中。清照想到了陶渊明的《归去来兮辞》，这是清照十分欣赏的一首词。因为词中所写的"倚南窗以寄傲，审容膝之易安"一句，清照还为自己取名"易安居士"。

她提议，不如将书房命名为"归来堂"，因为晁补之在读过《归去来兮辞》后曾说过："庐舍登览游息之地，一户一牖，皆欲归来之意。"明诚对清照的想法深感赞同，所谓"归来"，便是不求闻达之意。

这般闲散的人生，给了清照极大的欢愉。李家与赵家都是普通的官宦之家，虽衣食无忧，却也没有大富大贵。好在，清照与明诚都不是贪图享乐之人，他们更喜欢的是淡然随意的人生。

因此，即便明诚没有一官半职，两人依然无须为衣食温饱困扰。对于清照来说，一衣一饭，够用则足矣。他们将更多的时间空出来，或是读书写词，或是一同完成金石碑刻与书画古物的收集整理。

在这段岁月里，清照将更多的时间都放在了支持明诚的爱好上，她最爱的辞章也因此搁置了。于是，在最快乐的日子里，清照反而鲜少将自己的愉悦记录在诗词当中。足以见得，对于明诚，清照是多么看重。

每当收藏到一部古书，两人便共同勘校，整理签题。若是得到一幅好的书画，便一同欣赏品评。有时候，对着一幅书画，两人常常一坐就是一夜，爱不释手地把玩着书画，还不时地相互探讨其中的瑕疵。

到后来，两人甚至定下规矩，无论欣赏任何藏品，都以一根蜡烛燃尽的时间为限，时间一到，便要立刻停止把玩，否则两人无论如何相互劝告，都不肯上床休息。把玩之后，两人会精心地将藏品收藏好。因为他们的用心，家中的每一件藏品都是"纸札精致，字画完整"。

清照自幼便记性极好，从书中看到的内容总是记得深刻，甚至能说出某件事或某句话在哪一本书的第几卷第几页第几行。这件事也成了她与明诚闲暇时的玩乐，有时吃完饭后，两人会同坐于归来堂中，煮上一壶好茶，之后便玩起了猜书的游戏。

两人要分别从书案上的一堆书籍之中指出某一典故的具体所在，只要说得对，便为胜者，可以先品尝香茶。清照获胜的次数总是比明诚多，一次因为得意，清照不小心打翻了茶杯，茶水泼到了桌案与衣服上，明诚却毫不责怪，一脸笑意地同清照一起手忙脚乱地收拾着桌案上的古书，以免被茶水弄湿。

"赌书消得泼茶香，当时只道是寻常"，这是数百年后纳兰容若词中的一句。这句词仿佛道出了人生的一个真理：人在快乐之时，总是想不到这份快乐会失去。

在最初开始藏书之时，两人为自己设定了一个藏书的数目作为目标。很快，这个目标便已达成，两人便在归来堂建造了一个书库大橱，将书籍分门别类地安放于其中。他们不仅为书籍编上记号，还记录成册。若是其中一人想找某一部书，需要先在书册中登记，才可以打开书橱取书。将书归还时，不仅要在书册中将取书的记录销掉，还必须将书放回原位。

如此一来，不仅找书的时间节省了下来，对书籍的保存也更加完善。二人都是爱书之人，读书之时更会格外小心以免将书籍弄脏或破损。有时候，也会有不小心的情况出现，将书弄脏弄破的一人，便会受到对方的指责，并且要灰溜溜地尽快将书补好。

清照不似别家的大家闺秀，她的衣橱中，没有绫罗绸缎，妆奁之中更没有明珠翡翠。他们的家中，都是最简单实用的家具，与书香为伴的日子，丝毫没有枯燥，清照反而觉得这样的生活胜于任何声色犬马。

爱屋及乌，便是因为深爱一人，便爱他所爱的一切。明诚喜欢收集书籍，清照便比他爱得更甚。每当遇到好书，清照便迫不及待地收藏回来。为了藏书，他们将生活过得尽可能俭朴，就连餐桌上的饭菜，都尽量简单，买肉的钱，都被他们省下来买书。

其实，如此痴心于收藏，是因为赵明诚不仅想满足自己的爱好，更希望将其收藏之物"传诸后世好古雅之士，其必有补焉"。（《金石录·序》）于是，两人在收藏之余，更喜爱对古书进行研究。他们的床头枕边，都会放着一些书，方便随时取阅。如此点滴的幸福，却给予清照极大的满足。

撰写《金石录》，成为赵明诚在那段时日里最重要的事情。为了协助明诚完成著作，清照尽自己最大的努力去支持。当

《金石录》一经写成，便成了继欧阳修《集古录》之后的又一金石学专著。《金石录》全书共三十卷，前十卷为目录，后二十卷为题跋，明诚所收藏的金石拓本两千余种皆收录其中，为后世文物史学研究创造了巨大价值。

因为少有时间创作辞章，这阕《鹧鸪天》也成为清照在屏居青州的岁月中少有的词中的一阕：

鹧鸪天

暗淡轻黄体性柔，情疏迹远只香留。何须浅碧轻红色，自是花中第一流。

梅定妒，菊应羞，画阑开处冠中秋。骚人可煞无情思，何事当年不见收。

从前咏花，清照总是将自己的经历夹杂其中，不免诸多唏嘘感叹。如今身处淡然悠闲的岁月之中，已经没有任何事令清照觉得不满足。于是，再度咏花，她索性通篇都写满了对花儿品性的评价，以及自己饱含诗意的抒情。

秋日一到，便是桂花盛开的季节。桂花种类繁多，花白者为银桂，花黄者为金桂，花红者为丹桂。清照今日所见，便是满眼金桂的淡黄。那是一种稍显暗淡的黄色，却又显得那样温雅柔和，如同一位恬静的淑女一般。

清照最喜欢不张扬的花朵，一如梅花与菊花。此刻眼中的桂花，也是这般不搔首弄姿，只淡淡地释放着自己的风韵，让清照如何不爱慕。更何况，桂花只喜欢生长于深山之中，远离百花争艳的所在，独自将浓郁的芳香从深山中释放出来，飘入人间。

她不禁觉得,桂花的个性有些像自己。不疾不徐,不争不抢,宁愿隐居世外山林,也不愿忍受市井嘈杂。

如此淡雅高洁,便是桂花的本性。它根本无需同其他艳俗的花朵一般向世人展露出大红大绿的鲜艳之色,却已经因为内在的品性美好,在百花之中堪称第一流。

唐代诗人李贺曾在《金铜仙人辞汉歌》中写道"画栏桂树悬秋香",说的便是桂花为中秋时节首屈一指的花木。在清照眼中,即便是她最爱的梅花,在桂花面前也定会心生妒忌之情,而同在秋日里盛开的菊花,在桂花面前恐怕也只能掩面含羞吧。

清照忽而想到大诗人屈原,当年他在《离骚》中遍收名花珍卉,用它们来比喻君子之美德,却唯独桂花不在其收录之列。清照不禁有些责怪屈原,他之所以将桂花遗漏,想必是因为情思不足。若是屈原地下有知,也许也会为此而遗憾。

在清照的辞章当中,极少有如同《鹧鸪天》一般不写花朵自身的样貌品性,却以其他花品作为陪衬的。然而正是因为这种超凡脱俗的写法,令样貌并不出众的桂花在世人心中留下了深刻的印象。词中的字字句句,都值得玩味,从字里行间亦可看出,此刻沉浸在幸福中的清照,就连写词的笔调都有了柔和的味道。

岁月清浅,难寻难觅的,是一个知己,难舍难分的,是一世情缘。协助明诚撰写《金石录》之余,清照也没有虚度时间。虽然词作的数量减少了许多,她却将自己多年来所拜读的诗词以及自己写词的心得融汇成一篇《词论》:

"乐府声诗并著，最盛于唐。开元、天宝间，有李八郎者，能歌擅天下。时新及第进士开宴曲江，榜中一名士先召李，使易服隐姓名，衣冠故敝，精神惨沮，与同之宴所。曰：'表弟愿与坐末。'众皆不顾。既酒行乐作，歌者进，时曹元谦、念奴为冠，歌罢，众皆咨嗟称赏。名士忽指李曰：'请表弟歌。'众皆哂，或有怒者。及转喉发声，歌一曲，众皆泣下。罗拜曰：'此李八郎也。'

"自后郑、卫之声日炽，流靡之变日烦。已有《菩萨蛮》《春光好》《莎鸡子》《更漏子》《浣溪沙》《梦江南》《渔父》等词，不可遍举。五代干戈，四海瓜分豆剖，斯文道熄。独江南李氏君臣尚文雅，故有'小楼吹彻玉笙寒''吹皱一池春水'之词。语虽甚奇，所谓'亡国之音哀以思'也。逮至本朝，礼乐文武大备。又涵养百余年，始有柳屯田永者，变旧声作新声，出《乐章集》，大得声称于世；虽协音律，而词语尘下。又有张子野、宋子京兄弟，沈唐、元绛、晁次膺辈继出，虽时时有妙语，而破碎何足名家！至晏元献、欧阳永叔、苏子瞻，学际天人，作为小歌词，直如酌蠡水于大海，然皆句读不葺之诗尔。又往往不协音律者，何邪？

"盖诗文分平侧，而歌词分五音，又分五声，又分六律，又分清浊轻重。且如近世《声声慢》《雨中花》《喜迁莺》，既押平声韵，又押入声韵；《玉楼春》本押平声韵，有押上、去声，又押入声。本押仄声韵，如押上声则协；如押入声，则不可歌矣。王介甫、曾子固文章似西汉，若作一小歌词，则人必绝倒，不可读也。乃知词别是一家，知之者少。后晏叔原、贺方回、秦少游、黄鲁直出，始能知之。又晏苦无铺叙。贺苦少重典。秦即专主情致，而少故实。譬如贫家美女，虽极妍丽丰逸，而终乏富贵态。黄即尚故实，而多疵病，譬如良玉有瑕，价自减半矣。"

清照在一开篇并未提及自己对词的评论，而是借用唐朝开元、天宝年间一位名叫李八郎的擅歌之人的故事入手。一次宴席之上，一位名士故意让李八郎换上破旧的衣衫，做出颓丧的表情，并且不表露自己的身份。一同赴宴之人不认得李八郎，纷纷做出嫌弃之状。然而当李八郎一开口歌唱，众人皆感动涕下，足以见得李八郎的歌技甚妙，以及乐府诗的词句与音律足够动人。

由此，清照才正式展开自己对于古今词作的评论。她欣赏柳永将"旧声"变作"新声"，却也批评柳永的词句俗不可耐；她也评价晏殊、欧阳修、苏轼，觉得他们学识无边，作一首小词，就如同从大海中舀一瓢水般简单。可是他们作的词，却总是如同未经修整一般，其中的原委，就在于这三位大文豪皆是"不协音律"之人。

在清照看来，若是作诗文，只要通晓平仄即可，想要写出好词，便要通晓音律。因为，歌词既分五音（唇、齿、喉、舌、鼻发之音），也分五声（宫、商、角、徵、羽五音阶），更分六律（黄钟、太簇、姑洗、蕤宾、夷则、无射）。因此，像王安石、曾巩等能够将文章做出西汉文风的大文豪，写出的小词却因为不协音律，而显得诗不像诗，词不像词，"不可读也"。

　　因为这些缘故，写词时对于声调的要求便更加严格细致。清照又列举了一些词牌名，对其音律进行剖析，强调唯有那些字调的起伏能够与乐声相契合的词，才能唱出唯美的旋律。

　　在《词论》的最后部分，清照又提到了自己的喜好。她最不欣赏在当时风靡一时的花间词，认为脂粉气过重。能让清照欣赏的辞章，皆有高雅的词风。她最欣赏南唐二主李璟与李煜的词，因为他们的词句凭借文雅而流传于世。

　　对于晏几道的词，清照则认为少了一些铺叙；贺铸的词，则少了一些典故；秦观的词，太过婉约，缺乏实际，就如同贫穷人家的女子，无论多美，也总是少了一些富贵的气质；至于黄庭坚的词，内容倒是比较充实，却总是有一些小的瑕疵。就如同一块美玉，因为这些瑕疵而令身价减半。

　　自从清照的这篇《词论》流传于世，"别是一家"的观点便立刻轰动一时。她在《词论》中提到的皆是文坛前辈，更何况，清照身为一名女子，敢如此大胆置评，的确也引来了诸多非议。

　　有人认为，清照自恃才学甚高，才不自量力地藐视一切，又说清照的一切言论根本无法立足，不过是妇人之见。男尊女卑，令世人对女子本就多了许多歧视，更何况清照这样一个大胆批判文坛先人的女子，难免被人评价"口出狂言"。

　　然而，清照却毫不在意他人的评说，她想要表达的，便是自己的对于词作的领悟。他人口中的好与坏，不过是一场烟雨，生来朦胧。

任痴情泪融残花

辗转一瞬，岁月便染白了双鬓。一片痴心，却从未更改了初衷。她愿做他一人独赏的花，在他给的爱情里，摇曳出只属于他的万种风情。

经年流逝，清照已经不再是初嫁明诚时那个十八岁的少女。历经分分合合，清照的年龄，早已被冠上了"三"字开头。三十一过，如花女子仿佛便开始凋零。尤其是在清照所生活的年代，三十几岁的女子，无论如何都不能再被称为年轻。

政和四年（1114）的秋天，清照三十一岁的生辰刚刚过去。那一年，明诚为清照画了一幅画像，又在画像上题了一行小字："易安居士三十一岁之照。清丽其词，端庄其品，归去来兮，真堪偕隐。"

他从未嫌弃她年华老去，反而因为她的端庄、她的才情而倍加欣赏。也许，明诚也享受着两人共同隐居的岁月。若岁月永远如此静好，他也愿意就这样过着隐居的日子，与清照偕老。

清照捧着自己的画像爱不释手，她的视线始终停留在那一行小字上，读了又读，品了又品。仿佛那行小字能为唇齿间带来香气，令她更觉岁月的美好。

不过，纵然明诚对她百般呵护，清照毕竟是女子，有着女子特有的爱美之心。她有时也会担心自己容颜老去，不再被明诚珍惜。只是这份念头无法对明诚明说，只能自己偷偷地写在词里：

多　丽

小楼寒，夜长帘幕低垂。恨萧萧、无情风雨，夜来揉损琼肌。也不似、贵妃醉脸，也不似、孙寿愁眉。韩令偷香，徐娘傅粉，莫将比拟未新奇。细看取、屈平陶令，风韵正相宜。微风起，情分蕴藉，不减酴醾。

渐秋阑、雪清玉瘦，向人无限依依。似愁凝、汉皋解佩，似泪洒、纨扇题诗。朗月清风，浓烟暗雨，天教憔悴度芳姿。纵爱惜、不知从此，留得几多时？人情好，何须更忆，泽畔东篱。

清照笔下的花，总是有着人的情志。其实，她词中所写的花，永远更像是在写她自己。夜幕低垂之时，门外又起风雨。清照有些恨这恼人的风雨，因为庭院中的菊花刚刚盛开，那娇嫩的纤纤玉骨，哪里禁得起风雨的揉损。

她欣赏菊花，因为它不像杨贵妃一般国色天香、香艳丰腴，醉酒之后还能呈现迷人的风姿，也不似孙寿那般妖娆作态，故作愁眉、啼妆之态媚惑他人。

菊花的香气悠远绵长，从不以奇香袭人。这令清照想起了韩寿偷香的典故。韩寿本是南阳堵阳人，因相貌举止美好，被女子贾午看中。韩寿得知，也对贾午动心。于是两人暗中相会，贾午又将西域进贡来的奇香从父亲那里偷出赠予韩寿。闻到韩寿身上的香气，再看到女儿容颜上的喜悦，父亲便知晓两人暗中来往的事情。为了掩盖此事，便将女儿嫁与韩寿为妻。

当年沾染在韩寿身上的，便是一种异香。据说一经沾染，这种香气能持续月余。菊花的清香，却完全不似这种异香。它虽浓郁，却沁人心脾。

那纤瘦的菊叶，白得晶莹剔透，完全不似半老徐娘敷在脸上的厚厚的妆粉。太多古圣先贤都曾在诗词中对菊花进行赞颂，屈原在《离骚》中说"朝饮木兰之坠露兮，夕餐秋菊之落英"；陶渊明在《饮酒》诗中说"采菊东篱下，悠然见南山"。菊花就如同花中的高士，淡雅清分，向世人展现着恰到好处的风韵。微风吹来，淡淡的菊香夹杂在风中，那宜人的香气，丝毫不逊色于初夏盛开的荼蘼。

秋色日渐深重，要不了多久，秋日便会过去。此时的白菊越发显得雪清玉瘦，如同青春不再的女子，露出憔悴的容姿。纤瘦的菊花，的确是经不起岁月的洗礼，那些已经略显凋残的花瓣，仿佛在无声地讲述着对这个世界的无限依恋与惜别之情。

其实，清照又何尝不是同样依恋着菊花。她最爱的是含苞待放的花苞，因为每当看到繁华盛开，便忍不住去为花儿的凋谢感到忧愁。在清照眼中，那些花承载的，便是自己渐渐消逝的青春。

青春如同上天赐予世人最好的礼物，却在不知不觉中又将这份礼物从世人手中夺走。就如同清照在《列仙传》中读到的"汉皋解佩"这个故事一般。传说多情才子郑交甫在汉江之畔偶遇两位衣着华丽、柔情万千的女子，她们身上佩戴的明珠也同女子的容貌一般光华四射。郑交甫不禁心动，心中暗想："若能结识这两位女子，便不枉在人世走一遭；即便不能厮守，能求得她们身上佩戴的一颗明珠也是好的。"

想到此处，郑交甫主动上前施礼，请求两位女子赐给自己一颗明珠。没想到两名女子十分大方，各自解下一颗明珠相赠。郑交甫赶忙将明珠藏入怀中，连声道谢。转身走了几步之后，他想将明珠拿出来细细把玩，这才发现，怀中放明珠的地方空无一物。他急忙转头，发现两名女子也不知所终，这才知道，自己遇到了神女。那两颗明珠，便成了后人口中的得而复失。

清照曾经得到的青春，如今也已经失去了。纵然有一身才情，清照也怕自己如同才女班婕妤一般，曾因美貌与才华得到汉成帝专宠，又因后宫中的妒忌、排挤与陷害，从此待在深宫之中。她怜悯自己容颜老去，便做了一首《团扇诗》，自喻为秋天的扇子，因为天气变凉，而被捐弃于箧中。

婕妤之悲，定然伴随诸多眼泪。清照也担心明诚有朝一日不似今日这般疼爱自己。到时候，自己岂不是也成为一把秋天的扇子。

可叹的是，无论多么想将青春留住，它依然还是会头也不回地离开。就像清照面前的这些白菊，纵然她十分爱惜，却终究也有凋谢的一日。更何况，世上还有许多不懂得怜花惜花之人，如果人人都能对花儿既欣赏又呵护，又何须去追忆那爱惜菊花的屈原和陶渊明。

虽然偶尔转动愁肠，但大抵来说，屏居青州的时光依然是恬静美好的。明诚对清照的情感，似乎从未发生过丝毫的变化。这样的明诚，也让清照爱得坦荡。

情与爱，无须挂在嘴边，从眉梢眼角，便能感受到彼此的柔情。当炽烈的爱情演变成浓郁的亲情，彼此的名字便已经深深刻入心底，永生都无法割舍。

清照从未想过要明诚去找寻一些谋生之计，繁华与富贵在她看来不过是过眼烟云，唯有他对自己的真情才最值得珍惜。她是那样依恋他给予的一切情感，哪怕有短暂的分离，独自在家中等待的清照都难免泪湿衣襟。

政和六年（1116）三月初四，明诚与友人相约去游览距离青州一百七十里的名刹灵岩寺。那是一座于东晋时期建造的寺庙，由佛图澄的高足僧朗建造。这座寺庙几经兴衰，直到正光元年（520）法定禅师来此游方山，将寺院重建，这才逐渐兴旺起来。到了宋代，正是灵岩寺的鼎盛时期。

自从屏居青州以来，这是清照第一次与明诚分离。他与她，日日形影相随，身心相伴，乍然分别，清照顿觉冷清寂寞。于是，她提起笔，一字一字记录下自己对明诚的思念：

念奴娇·春情

萧条庭院，又斜风细雨，重门须闭。宠柳娇花寒食近，种种恼人天气。险韵诗成，扶头酒醒，别是闲滋味。征鸿过尽，万千心事难寄。

楼上几日春寒，帘垂四面，玉阑干慵倚。被冷香消
新梦觉，不许愁人不起。清露晨流，新桐初引，多少游
春意。日高烟敛，更看今日晴未。

不知不觉，明诚离家已有月余，几日之后便是寒食节了。
自从明诚走后，清照便觉得家中的庭院萧条了许多，又偏赶
上今日天气不好，春雨伴着春风斜斜地落下来，更令清照感
觉怆然凄苦。她将家中的层层院门与房门全部关上，顺便就
连自己的心门也一同闭合了起来。深闺寂寞的日子，她也没
有闲情逸致与他人来往。

又到了花儿开放、柳树染绿的时节，看着外面热闹的春
景，清照更加觉得寂寞惆怅。那些花草树木都得到了上天的
恩宠，此刻也备受人们爱怜，唯有她一人独守空闺，无人问
津。再加上这令人气恼的坏天气，即便是想要出门散心也不
能。

既然不能外出，清照便独自在家中与诗书美酒相伴。借
着醉意，她创作了一首生僻而又难押字为韵脚的诗，为了让
人读来不觉得有凑韵之弊，清照着实费了一番心思。待此诗
写成，酒意也醒了大半。却发现，微醺之时，似乎能忘却惆
怅；清醒之后，愁绪又袭上心头。

她想借助鸿雁传书，将刚刚做好的这首诗寄予明诚，顺
便再倾诉一番对他的思念。可惜，北飞的大雁早已经尽数飞
走，清照的万千心事，无法排遣，无处传递，只能深深地藏
于心底。

连日的阴霾天气，令清照倍感春寒料峭。即便是关上门，

仿佛都无法阻隔寒意阵阵袭来。清照只好又将房内的帘幕垂下，自己坐于帘幕之后，稍稍抵挡一下寒意。明诚不在身边，便没有人用怀抱给清照以温暖，更没有人陪她说话谈心。百无聊赖的清照，也懒得再去读书作诗，只是一个人枯坐着。庭院中的春景，也懒得驻足观看。院中那些精美的栏杆，也少了清照倚靠在旁的身影。

无聊之情令清照有些昏昏欲睡，可是刚一睡着，又被春寒惊醒。身上的衣服穿得有些单薄，抵挡不住初春的凉意。她有些埋怨这个寒冷的春日，连她这个饱受相思忧愁的人都不放过。好不容易要在梦中与明诚相见，却又被硬生生从梦中惊醒，实在是无奈。

睡意全消的清照，从夜半时分静静地坐到清晨，当天色放亮，她走到窗边，轻轻推开窗户，看到外面的桐叶上面，挂着清新的涓涓晨露，呈现出一片湛绿。这番景象，不知会让多少人心生游春之意。

当太阳渐渐升起，连日来像烟一般弥漫在空中的云气也渐渐散去，预示着今日是一个晴好天气。然而，清照却不敢确定今日是个晴天，因为这几日一直阴晴不定，即便是现在放晴，依然无法让她放心期待一个好天气。

几日之后，清照终于用她的一往情深，盼来了明诚的归来。她以为，经历过这一次小别，等待他们的将是更长久的相守。然而，明媚的春光，似乎也令明诚的心境焕发出新的生机。他有了更多的渴望，其中便包含着想要出去走走的念头。

直到一纸任命送到家中，清照才终于意识到，自己所追寻的圆满，终究还是被打破了。她最恐惧的事情，便是孤寂地生活。当明诚离家赴任，孤独的清照再次陷入凄冷的境地。就连因为思念与寂寞流出的泪，都带着些许的凉意。

闺怨形单影只

　　独自一人的生活，清淡得仿佛不食人间烟火。静谧的空气，笼罩着满室的冷清，身在繁华人世，却比不上那繁星点点的苍穹。

　　自从明诚写成《金石录》，便又再次受到了世人的关注。那些曾经与赵挺之有过交情的官员，又萌生出对这个后辈的照拂之心。

　　元祐之祸已经过去多年，一切风波已经日渐平息。于是，朝中便有人不忍明诚闲居在青州，希望将他重新起用。

　　宣和二年（1120）七月，明诚被任命为莱州郡守，即刻赴任。若是这任命在几年之前送达，明诚或许还不会动心。然而，一切都来得恰到好处，此时此刻，正是明诚想离开闲居之处，大展一番拳脚的时刻。于是，他带着说不出的欣喜，匆匆打点行装，去往莱州。

　　三十几岁，正是男子的大好年华。明诚想趁着自己正值壮年，在官场上打拼一番。虽说不善于官场的尔虞我诈，却也希望自己的抱负能得以施展。更何况，出仕之后的俸禄，会改善家中拮据的现状。

他丝毫未考虑过，自己这一去，独自留在青州的清照会多么寂寞。懂事的清照从未在明诚面前流露出不悦的神情，当接到任命之时，她的眼中流露出些许惊诧，之后便立刻用笑容掩盖了自己的失落。

在明诚看来，清照也替他感到高兴。身为男子，即便对妻子再深情，依然无法设身处地地体会妻子对自己的依恋。

他信誓旦旦地向清照保证，一旦在莱州安顿下来，便将她接过去。清照始终带着得体的微笑，轻轻地点着头，表示着对明诚的信任。可是，她的心中总有一种不知原因的不安，尤其是当明诚走后，这份不安就变得更加强烈。

看着明诚远去的背影，清照忽然觉得，这十年的朝夕相守，竟然在忽然之间遥远得似一场梦。

清照的心境，又变得如多年以前那般沉郁。彼时，因为朝中政变，新婚的二人被迫分离。那时的清照，如同漂泊在水面的浮萍，不知何时才能重回归宿。如今，清照又产生了同样的感觉，虽然明诚再三承诺会接她过去，她却总是觉得，那一天不知何时才能到来。

半年多的时光，便在等待中匆匆流逝。又是一个春寒料峭的时节，上一次清照因春寒而感到凄冷，还是几年之前明诚离家去游览灵岩寺之时。如今，她再次感受到了那份久违的凉意。

明诚就是她生命中的一道阳光，离开了他，纵然天气晴好，她依然感受不到一丝温暖。

蝶恋花

　　暖雨晴风初破冻，柳眼梅腮，已觉春心动。酒意诗
情谁与共？泪融残粉花钿重。

　　乍试夹衫金缕缝，山枕斜欹，枕损钗头凤。独抱浓
愁无好梦，夜阑犹剪灯花弄。

　　十余年前，新婚的清照还喜欢用"红藕香残玉簟秋"这
样的词句来表达年轻夫妻特有的离别相思之苦，如今经历了
十年安定的生活，两人的情感也变得更加深沉，用来表达分
别之后孤寂落寞的词句，便更显得与往日不同。

　　暖暖的春雨，和煦的春风，吹破了冻住大地的寒冰。冰
雪消融，万物回春，沉睡了一个冬天的大地也睁开了惺忪的
睡眼。这是一个多么美好的季节，天地间的万事万物都呈现
出勃发之姿。春天准时来临，赶赴与人们的约会，人人都为
这个季节的美好景色而欢欣雀跃着，独守空闺的清照也无法
忽略春天的到来。

　　初生的杨柳嫩叶，如同人们刚刚睁开的睡眼。微风吹来，
柳梢随风浮动，如同少女轻柔的指尖，拨弄着世人的心弦。
梅花的花苞，比任何花儿都生得更早。那梅花或是淡红，或
是粉白，如同少女的香腮一般粉嫩美好。这一切都让清照感
觉到春的气息，却也触动了她的缕缕春愁。

　　清照笔下的春光，如诗如画，令人陶醉心动。她看似在
以一种轻快的笔调来表达春回大地的喜悦，其实却是为后面
的忧伤之情做足了铺垫。

　　回想每年的这个时候，明诚都会陪着清照一同饮酒赏梅。

可是今年他不在身边，纵有浓厚的酒意与诗性，又有谁能陪自己一同尽兴消遣呢？物是人非，请与谁共，这个本应该充满了快乐的时节，却因世间的一草一木、一花一叶而勾动起伤情。看来，今年的春光，定是要被辜负了。

想到此处，清照更感失落。独坐相思，难免垂泪。泪水打湿了脸上的残粉，头上所佩戴的首饰，也因为心情沉重而感到不胜负荷。寥寥心事，唯有向清风明月倾诉。蛾眉微蹙，眉心的沟壑中盛满了辛酸。四季轮回，终究还是回到了今日的惆怅。往昔的记忆是那样欢愉，更显得此刻的寂寥殆尽了人间芳菲。

衣架上一件用金线缝制的新衣，清照还从未试穿过。她轻轻将衣服披在身上，心思却不知飘往何处。若是明诚还在身边，他一定会对这件新衣加以品评，告诉清照，哪里还应该再添些什么，哪里又有哪些装饰有些多余。

又或者，明诚在时，还能陪她外出去春日踏青。若是如此，这件薄薄的春装便有了用处。可惜，孤独泯灭了清照一切的兴致。独自一人，不要说外出踏青，就连窗外的春景她都懒得欣赏。没有明诚陪伴，一切美好都显得那样苍白。

没有人欣赏自己，新衣又穿给谁看。清照将衣服拿开，甚至懒得再挂回衣架上，便落寞地将头倚靠在枕上。外面的生机勃勃，丝毫不能令清照动容。她斜斜地靠在枕上，脸上没有一丝神采。

换作往日，清照一定会将头上的钗环取下，小心地收起来，可今日，她全然没有心情顾及这些。在枕上辗转反侧许久，清照的精神没有丝毫振作，就连头上的凤钗在枕头上被压坏了也毫不在意。这样的日子，她不知道还要再忍受多久。越想到此处，便越是心绪烦乱。

清照明知道与明诚的分别是暂时的，却依然无法阻止那份孤寂之情在心底蔓延。夜深人静之时，仿佛整个世界都沉浸在睡梦之中，唯有清照一人怀抱忧愁而独醒。愁绪让她无法安然入梦，即便睡去，也总是从噩梦中惊醒。

她就这样躺在床上，思绪总是纷乱地飘来飘去。忽而想到这十年里快乐的点滴，忽而又想到第一次分离之时内心的凄苦。思绪越乱，清照便越是清醒，不知不觉，夜色变得更深。相思取代了一切心情，即便是就这样胡乱睡去，恐怕也无法睡得安稳。

睡意全无的清照独自坐在桌边，手中一把小小的银剪，有一下没一下地拨弄着烛心。忽然之间，烛花爆了一下，上一次烛花爆，紧接着便有与明诚重逢的喜讯传来。这一次莫非也是喜事的预兆？

对于清照来说，最大的喜事便莫过于与明诚朝夕相处。她在心中暗暗期许，明日清晨，便能收到明诚的来信，邀她去往莱州团聚。直到此时，清照的愁绪才终于消减了一些。与明诚重逢的喜悦与希望，也不知不觉流露在卷眸低首之间。

零落的诗词，凝聚成一阕辞章，字字句句，都饱含几许深情。夫妻之缘，此刻相距甚远，清照搁笔入架，纸上墨迹未干，思念却已经飘远。那一行行娟秀的小字，承载着清照的相思。那是一种无法向外人言说的忧伤。写罢词句，她临窗眺望，月影尚未西沉，天色尚未明亮，她纤瘦的身影如同一朵徘徊在红尘烟雨中的弱花，花蕊沁满微凉。

赵明诚就如同李清照心口的朱砂痣，只要触碰，不是满心温暖，便是隐隐作痛。偌大的红尘，两个相爱之人却也显得那样微不足道。世间有情之人何止千万，只因执着于情网之中，才愿意被永恒的誓言困守在爱的牢笼之中。当一朝梦醒，感受到的只是彻骨的痛。

第五章

怨叹　天教憔悴度芳姿

陌生的爱情

孤单的身影，唯有愁绪默默相随。双眸之中，也渐渐呈现幽怨的眸光。信手翻阅以往的字迹，浮在眼前的皆是昔日的回忆，更叹此刻，浮生凄凉。

庭院屋内，凝聚了太多忧伤。清照从未想过，此生还能再次体会如此悲戚。空荡荡的庭院之中，无论她怎样努力回忆，依然无法找回当年赌书泼茶的心境。

清照永远都忘不掉，十八岁那一年，桃红柳绿的时节，她从秋千上下来，眉梢眼角皆带着少女顽皮的神情。他就那样猝不及防地出现，惊得她来不及穿上绣鞋，便匆匆跑回闺阁。匆匆回眸之间，他的容貌，便深深地刻在了心底。耳畔时刻萦绕的，便是他的名字。

也许，回忆为爱情镀上了一层金色，让它变成了更好的模样。回忆也为一个人蒙上了朦胧的幻影，他的影子在清照脑海中不断盘旋，呈现的全部是美好的记忆。她深深记得他对自己许下的海誓山盟，丝毫不愿相信，那些铮铮誓言也会变成凋零的花，败落一地。她要全心全意地为他守候，哪怕一生流离失所，只要有他一人在侧，便已足矣。

点绛唇

寂寞深闺，柔肠一寸愁千缕。惜春春去，几点催花雨。

倚遍阑干，只是无情绪。人何处？连天芳草，望断归来路。

时间静静流淌，聆听着清照的心事。她的心底，在默默讲述着缘分的美好，当年的欢声笑语，还凝结在云水深处。十年屏居，他们携手踏遍青山，与万里清风同行。花前月下，他们对酒当歌，共醉一池春水。

她总是觉得，他们仿佛前世便已相识，此生哪怕穿越万水千山，千帆过尽，只愿将自己化作最美的诗，双手呈与他的面前。若是真的还有来生，她依然愿意与他携手共度，无怨无悔。

清照的心底，盛满了寂寞。那寂寞蔓延到她的脸上，绽开了一朵寂寞的花。一个人待在房间里，忽然觉得这间原本并不算大的屋子仿佛大得无边无际，却堆满了她的忧伤。

忧伤何止在房间里蔓延，她那只有"一寸"大小的柔肠，此刻却要容纳下万缕的相思。相思之苦仿佛随时可以挣破她的胸腔，这种感觉令清照感到强烈的压抑。她不知道这样的孤独还要持续多久，沉重的愁情仿佛永远也驱不散，扯不断。她柔弱的内心已经不堪重负，这样的日子如果继续下去，她恐怕会愁肠寸断。

她是那样珍惜美好的春日，可越是想留住春的脚步，春日越是容易流逝。窗外传来渐渐沥沥的雨声，清照知道，这一场春雨下过，娇嫩的花儿一定又会被摧残得遍地落红。那雨声越发急切，仿佛是在催促着春天的脚步快些离去。

这怎能不让清照更加伤心？自从明诚走后，唯一陪伴着她的也只有庭院中的这些花儿了。如今，唯一能给她带来慰藉的花儿也即将凋落，雨滴的声音掉落在清照的心头，她清晰地听到从自己的心底传来空洞的回声。

雨水摧残着花朵凋零，时光也催促着青春老去。清照的心情，从惜春转变成为自己逝去的年华叹息，她反复吟诵着刚刚写好的词句，每一个字的尾音，都缭绕着哀愁与凄凉。

春雨送来的黄昏，打落了春花。清照的心事，也随同那些零落的花瓣落于地上，碾于尘土之中。她觉得，自己似乎还不如这些落花。明年春日，花儿又会重生，可自己的青春，是真的一去不返了。

佛说："放下便是自在。"若能真的放下尘世情缘，想必就会一身轻松。只可惜，红尘当中，多少人为情羁绊，偏偏最变幻无常又最难留住的，就是情。

这几日以来，每当思念明诚，清照便觉得浑身都被相思折磨得没有了力气。每到此时，她都要倚靠在栏杆上休息一会，脑海中却反复回忆着自己与明诚在此处留下的点滴回忆。

家里的栏杆，每一寸都被清照倚遍了。因为相思之情无时无刻不在困扰着她，总是随时袭来，搅乱她的心绪。因为思念太盛，就连往日里她最喜欢的书籍，清照也懒得去读；

清茶再香，也无心品尝。任何事情，都让她提不起兴趣。因为无人分享，再大的快乐也都变成了忧愁。

一个"遍"字，将清照的忧伤推到了极致。她的眼中已经再没有任何风景，只要他的身影不出现，任何风景都是那样空洞。凭栏发呆，白白地辜负了大好光阴。她却宁愿就这样痴痴守候，哪怕只是徒增烦恼。

越是无心取悦自己，愁绪便越是无处排解。她再一次凭栏远眺，可即便望穿秋水，也不知道明诚此刻身在何处。清照满眼都是连天的芳草，却唯独不见明诚的身影。那是明诚归来时的必经之路，她多希望明诚此刻能出现在那里，微笑着告诉她，无论走到哪里，都要将她带在身旁。此情此景，唯有凄凉二字可以形容。

她脸上的神情，是那样平静，心底却在无数次地呐喊："明诚，你究竟何时才能与我重逢？"分别令清照感到不安，她更加担心明诚对自己的情会随着距离的疏远而变淡。若是如此，相守一生，也就成了奢望。

清照从未想过，"天下无不散之筵席"这句话，竟然也能用在夫妻之间。因为爱过，所以珍惜，聚散离合，本是常态，可对于情根深种之人来说，却变得那样不可原谅。

只要一日不与明诚团聚，清照的愁绪便一日不能散去。日复一日，愁情便更加浓厚，更加深重。

这样的春天，似乎萦绕着无尽的烦恼。清照先是舍不得春日的离去，渐渐又演变成伤别之情。到最后，她开始盼望明诚的归来。这愁绪一层一层，已经积累到无以复加。难怪明代文学家钱允治评价清照的这阕《点绛唇》时说道："草满长途，情人不归，空搅寸肠耳。"

"易安作矣，不可复得。每作词时为酬一杯酒。"这是明代文学家茅暎在《词的》中所说的一番话。清照的词，每一阕都如同一杯醇厚的酒，流传到今日，历久弥香。

清照的闺思与忧愁，婉转吟唱。纤弱的词体，任何一名深具才华的男子也无法与之比拟。多情之词，令人销魂；伤情之词，也能令人如此魂销。

都说"两情若是久长时，又岂在朝朝暮暮？"然而当情到深处，便再也承受不住一刻的分离。分别得久了，再浓的情都会渐渐减淡。那个远去之人，难免贪恋远方的繁花，忘记了还有一人独守深闺，凭栏憔悴。

清照似乎已经意识到，她所期望的安稳生活，终究是破碎了。她将两人旧日的温暖拥得更紧，生怕一不留神，便会从她的生活中抽离。

一阕《点绛唇》，让世人看到了清照对明诚的思念，却唯有清照自己，才能感受到那份孤寂究竟是怎样的煎熬。她有时也安慰自己，要将这些忧愁统统抛弃。可是往日的欢愉，又如何能忘？

自从明诚走后，清照的脸上再未展露过笑颜。多年以来，她已经习惯了只为他一人而笑。也唯有明诚，才能令清照发自心底的开怀。终其一生，清照都在努力着想要摆脱所谓的宿命。她不是愿意受世俗与礼教桎梏的女子，却偏偏逃不开命运的纠缠。

也许，自从遇见明诚，她的一生便被一个"情"字锁住。她的一切爱恨情仇，也只与他一人相关。

她盼着明诚可以听到她心底的呐喊，若是明诚对她还有一丝牵念，便不会忍心将她独自丢弃在寂寞深闺之中。那无边的寂寥，啃噬着清照的灵魂。她茫然地望向窗外，此时，春日将逝，天已黄昏。

多情难抵无情

　　风吹衣袖，愁绪袭上心头，萧条庭院，留下多少落寞的脚步。秋凉似水，寒意侵袭着纤弱的身躯。这般孤寂，纵有万千辞令，终究说不尽忧愁。

　　因相思，衣带渐宽；因惆怅，泪湿枕巾。秋日又来，夏日已尽，天边的夕阳，笼罩着一丝雾气。空旷的庭院，一个纤瘦的身影伫立于空阶之上。她斜倚栏杆，纤纤玉手托着日渐消瘦的香腮，眼神飘向未知的远方，渐渐蔓延的夜色，于夜风中弥散着清愁。

行香子

　　天与秋光，转转情伤。探金英、知近重阳。薄衣初试，绿蚁初尝。渐一番风、一番雨、一番凉。

　　黄昏院落，恓恓惶惶。酒醒时、往事愁肠。那堪永夜，明月空床。闻砧声捣、蛩声细、漏声长。

　　又是一年重阳佳节将近，纤瘦的菊花已然盛放。阵阵袭来的秋凉，弥漫着孤独的庭院。独居于此的清照，孤寂之情更深。她独守空房，借酒消愁，伴随酒意睡去，伴随秋凉梦醒，终究是无法安眠。无聊的时光，唯有靠诗词来打发，字里行间，都承载着浓浓的闺怨。

四季轮回，一刻都未曾停歇。难怪清照每年春日都会心生惜春之情，因为清冷的秋日总是那样快地驱赶着春日的脚步，送来秋日的光景。一年二十四个节气，总是来得那样准时。一连几日的阴晴不定，终于因秋日的到来而变得天高气清。

伴随着瑟瑟秋风，草木开始渐渐衰落。庭院中铺满了落叶，一派寂寥凄凉景象。清照的情绪，也随秋日的到来而波动。眼前的一切似乎都在呈现出衰败的姿态，叫她怎能不为此黯然神伤。

回想二八年华之时，她总是因秋日的到来而欣喜。那时的她，每个季节都有看不完的风景。她时常投身于秋日的怀抱，尽情与山水亲近，那般美好，仿佛永远诉说不尽。然而，孤独已经摧残了她的心境，此时的她，再也不复当年的雅兴，一草一木，都会令她伤情。

盛放的菊花，无声地提醒着清照，重阳佳节就快到了。每到九月初九将近，菊花纤瘦的花瓣便会呈现出金黄的色泽。清照无须计算日子，只要仔细看看菊花，便知今日是何时。

每年重阳节，都是家人团聚的日子。一家人聚在一起，一起登高插茱萸，一起赏菊，共饮菊花酒。身在青州的清照，一种"独在异乡为异客"之感油然而生。这里不是她的故乡，只因明诚的存在，才让她无怨无悔地追随着他，不在乎身在何处。可他将她一人丢弃在这里，独自一人煎熬着度过佳节，伤怀之情溢于言表。

从不沉浸于物欲的清照，如同淡雅的菊花。屏居青州的这十年，她一直与明诚过着简素的生活，将大部分钱财都投入金石与书籍的收集当中。因此，她的衣橱中，没有华丽的绸缎，只有粗糙的衣衫。

天凉秋冷，清照找出一件布衣，轻轻地披在身上。家中的酒已经酿好，清照正想借酒浇一浇愁绪。那酒名为绿蚁，只因酒上漂浮着一层绿色的泡沫，如同绿色的蚁漂浮在上面，因此而得名。有人也将这酒叫作浮蚁或是碧蚁，多少文人雅士也曾借此酒助兴，譬如李珣"孤素琴，倾绿蚁，扁舟自得逍遥志"。也曾有人借此酒与好友推杯换盏，共诉衷肠，譬如白居易"绿蚁新醅酒，红泥小火炉"。唯有清照，因为孤独，将此酒喝出了酸楚的味道。

天气时晴时雨，反复无常。清照深深感到一场秋雨一场寒，因为每刮一次风，每下一场雨，天气便转凉几分。侵入心底的寒意，令房中独自饮酒的清照格外情伤。

天边挂着一轮残日，清冷的余晖已经散发不出任何热度与光芒。夕阳的最后一丝光亮渐渐隐去，空荡荡的庭院终于变得昏黄暗淡起来。阵阵秋风吹落黄叶，瑟瑟风声听上去是那样凄惨冷清。清照独自伫立于庭院之中，却因这份凄冷突然感到恐惧起来。

白日里，她借酒浇愁。此刻酒劲儿已过，愁绪却变得更深。原来，饮再多的酒，麻痹也不过一时。酒醒之后，种种难过又浮现于脑海，盛满心头。层层叠叠的愁情，如同渐渐到来的秋寒，令清照感到恓惶不安起来。

李清照词传 | 149

一想到太阳落山之后便要迎来漫漫长夜，清照顿觉无法忍受。她已经数不清有多少个夜晚，是自己一个人对着窗外的明月，独自躺在空荡荡的床上辗转反侧，难以入眠。明月本是浪漫美好的，从前，柔和的月光也曾给清照无尽的创作灵感。她曾对着明月举杯，想象着自己也有诗仙李白那般豪情。此时此刻，却更加能理解《静夜思》的最后一句"低头思故乡"。

原来，并不是清照一人被明月牵动惆怅，大文豪苏轼曾对着明月想念手足兄弟，清照则对着明月思念远方的明诚。清冷的月光，此刻正投射在空荡荡的床上，是那样美，也是那样愁。

窗外传来阵阵砧捣之声，不知是谁家女子在夜晚时分忙着拆洗秋日的衣服。清照忽然想到"长安一片月，万户捣衣声"。（《子夜歌》）诗中的女子在月明之夜捣衣，怀念远征的丈夫，想必她们当时的心境，与此刻的清照如出一辙。

不知何时，捣衣之声已经代表了女子对丈夫的思念，因为思念，更觉悲苦。在清照听来，那捣衣声格外沉重，声声都敲击着她的内心。

清照无心睡眠，已经是深夜时分，她依然睁着双眼毫无睡意。蟋蟀在窗外发出又尖又长的叫声，听来让人倍感凄切，仿佛声声都戳中了清照的哀愁。

更漏声声，在向清照提醒着时间。她希望这长夜快些过去，可是这更漏却偏偏响得那样慢，每响一次，仿佛已经度过了半生。

她总是因春而悲，却不想秋光更令人神伤。原来，这是一个思念的季节。词中的"渐一番风、一番雨、一番凉"更让人想起清照在另一阕《行香子》中写到的"霎儿晴、霎儿雨、霎儿风"。天气的层层变幻，读来更觉韵味无穷。

苏轼曾在他的《行香子》中写到"但远山长，云山乱，晓山青"，同样的三重笔，清照的词句则更让人体会她的愁绪。词中更令人回味的是"恓恓惶惶"四字，它将整阕词的氛围渲染得更加凄凉，也让清照心底的忧伤随这四字缓缓流淌。

她没有在词中提到自己的眼泪，却字字如同含泪泣血。清照的哀愁是真实的，并非是因闲来无事而强说哀愁，而是因为与丈夫的分别从心底发出的痛苦呻吟。

空荡荡的房间里，伫立着一个孤独的身影，她幽怨的眸光，在无声地诉说着浮生的凄凉。秋日过后，遍地荒芜，从心底滋生的，只有悲戚。瑟瑟秋风，撩动着她的发丝，清冷的月光，能读懂她的忧伤。

清照多想回到最初的最初，与他初遇时的美好，相守时的欢快。他们愿意聆听彼此的心事，云水深处，都保留着他们曾经的欢笑。与他相守，便是一首最美的情诗，有他在的地方，便是她的温柔乡。

眼中的沙　心头的刺

世上最美的情话，莫过于海誓山盟。话语中的温情，可以令时间凝固，落在心底，便盛开出最美的花。因为情话太过动听，分别之后，一颗心才更加千疮百孔。思念依然成为执念，若是连情都已经消逝，那曾经的海誓山盟，便在心底扎下深深的刺，再难以拔出。

这段日子，清照总是活在回忆当中。她回忆两人在青州留下的每一个快乐点滴，在回忆的刹那，她的眼中偶尔也会有轻轻的欣喜流转。青州十年，正是清照最想要的小小幸福。对于他的爱，她是那样笃定。即便不说出口，也了然于心。

相爱的岁月里，就连庭院中的一花一木都缱绻着柔情。她安然地享受着静美的光阴，甘愿一朝老去，携手白头。

他们不是没有过短暂的分离，明诚也经常会因为收集金石或碑文去游历四方。虽然这样的分离也会令清照感到彷徨，然而，却远远比不上这一次的分离让清照那样忐忑。她的心那样脆弱敏感，生怕外面的小小波动，都会让曾经拥有的美好荡然无存。

凤凰台上忆吹箫

香冷金猊，被翻红浪，起来慵自梳头。任宝奁尘满，日上帘钩。生怕离怀别苦，多少事、欲说还休。新来瘦，非干病酒，不是悲秋。

休休，这回去也，千万遍《阳关》，也则难留。念武陵人远，烟锁秦楼。惟有楼前流水，应念我、终日凝眸。凝眸处，从今又添，一段新愁。

独自一人的夜，总是漫长难熬。多少个夜晚，清照不是辗转难眠，便是拥着孤独睡去。一个人睡在床榻上，那床榻也显得异常宽阔。她似乎从未睡过一个好觉，每一次醒来，总是觉得身心是那样疲惫。

又是一个独自醒来的清晨，房中狮子形状的铜香炉已经不再有香烟涌出。不知何时，炉中的香已经燃到了尽头。清照用手轻轻地触碰在香炉之上，只感觉到指尖传来的冰冷。

以前，她与明诚总是在一起研究诗书与金石，常常忘记时间，直到深夜才睡去。每次熬夜，明诚总是喜欢睡个懒觉，即便日上三竿，也能睡得香甜。清照总是比明诚先起床，她最喜欢在清晨凝视他睡梦中的脸，那样沉静，像个熟睡的孩子。

似乎在起床后再回头看一看睡梦中的明诚，已经成为清照的习惯。此刻，她再次下意识地回头望向床榻，却只看到一床凌乱的红锦被，如同一片红色的波浪，搅乱了清照的心。

她本想将被子折叠整齐，可是明诚不在身边，又整齐给谁看？清照不仅无心折叠床铺，甚至连梳洗都懒了。一夜的辗转反侧，她的发丝早已经凌乱，坐在妆台前面，清照甚至没有拿起梳子梳头的力气。与其说是因为无力，倒不如说是没有打扮自己的心境。

清照无心梳妆打扮，已经不是一日两日了。自从明诚走后，她便再没有打开过妆奁盒子。每一件钗环首饰，都静静地躺在窗奁盒中。因为太久没有打开，妆奁盒上已经落满了灰尘。她就这样静静地发着呆，任由时间流逝。当她从思绪中回过神来，已经到了日上帘钩的时分。

世上最痛苦的，莫过于生离死别，清照却偏偏几次三番地遭受生离之苦。这其中的苦楚，唯有她自己能够体会。有时候，她多想写一封信给明诚，向他倾诉一番离别后的哀怨，然而，每一次提起笔来，又无奈放下，话到嘴边，又生生地吞咽下去。这种忍耐，令清照的愁苦日益加重，即便想要排解，也无处发泄。

思念令清照茶饭不思，夜不能寐。这几日，她分明感觉到自己又消瘦了许多。每一次愁绪袭来，清照只能借酒浇愁。哪怕是身子不好，依然时常饮酒。清照的身体本就柔弱多病，病中饮酒，只能令身子更加虚弱。然而，清照知道，自己的消瘦与病中饮酒无关，她的病，也绝非是时常饮酒导致的，更不是因为悲秋造成的。这一切，都是因为思念，而这样的思念，是绝对无法向外人倾诉的。

古人送别之时，总是喜欢吟诵唐代诗人王维的《送元二使安西》："渭城朝雨浥轻尘，客舍青青柳色新。劝君更尽一杯酒，西出阳关无故人。"如果可以，清照多想将明诚挽留下来。然而，当明诚收到朝廷任命的那一刹那，她分明看出他眼中的惊喜与渴望。最懂明诚的人，莫过于清照。她知道，这一次他远去莱州赴任，是无论如何也难以阻止的了。

她只能无奈地道一声"休休"，既然他的心已经飘向了远方，就任由他去吧。

十年屏居，清照觉得自己与明诚如同置身世外桃源。她也总是喜欢将自己和明诚想象成误入桃花源的那两个武陵人，那是一个名叫《误入天台》的故事，武陵人刘晨和阮肇因为天下大乱，不愿入朝为官，索性进山采药为生。一次，他们在山中偶遇仙女，并与仙女结为夫妇。这样神仙眷侣的生活，不正是清照与明诚所经历的吗？

这阕词的词牌本就叫《凤凰台上忆吹箫》，怎能让清照不联想起萧史与弄玉的爱情故事？相传在春秋时期，秦穆公有一个女儿名叫弄玉。她美貌异常，又善于吹笙，常常在自己所居住的凤楼之上吹奏出美妙的乐声。

一天夜晚，弄玉又坐在凤楼中，对着满天星斗吹笙。那婉约的乐声弥漫在静谧的夜空，在天边轻柔回荡。吹了一阵之后，弄玉忽然发觉在星空中传来一缕箫声，与自己的笙声相互和声。笙与箫的合鸣，是那样婉转动听，只可惜弄玉并不知这箫声来自何处，更不知吹箫的是何人。

那天晚上，弄玉在梦中见到了一名吹箫的英俊少年，他乘着一只彩凤，向自己翩翩飞来。待飞到近前，那少年缓缓开口，告诉弄玉自己名叫萧史，住在华山之中。他此番前来，就是被弄玉的笙声吸引，特来与弄玉结为好友。

少年说罢，再次将箫凑近唇边，优美的箫声便从箫管之中悠然流淌。那一刻，弄玉终于知道怎样的感觉叫作心动，她拿出笙，与少年合奏。他们合奏了一曲又一曲，这梦实在太过美妙，弄玉根本舍不得从梦中醒来。

然而，再美的梦，终究有醒转的一刻。梦中的情景，时刻在弄玉脑海中重现。她知道，自己爱上了那位名叫萧史的翩翩少年，久而久之，思慕之情便时刻挂在脸上，根本无法掩饰。

秦穆公看出了女儿的心事，几番追问，弄玉才向父亲讲述了自己的梦境。为了女儿，秦穆公特意派人到华山去寻找这位梦中人，不想却真的找到了一位名叫萧史，且善于吹箫的少年。当少年出现在弄玉面前，弄玉大喜过望。他有着与梦中少年一样的容貌，萧史也对这位如仙子般美貌的公主心生爱意。

几乎是顺理成章地，弄玉嫁给了自己的梦中情人。两人婚后恩爱异常，常常一起吹奏笙箫。秦国的上空，几乎每一日都飘荡着悠扬的笙箫和鸣之声。在他们的感染下，秦国的年轻男女也变得喜爱歌舞，渐渐地，朝中官员发觉，民间的氛围不如从前一般严肃，担心民风会因此遭到破坏。

他们联名向秦穆公上书，恳请下旨改变这种现状。为了不令父王为难，弄玉索性与萧史过起了隐居的生活。渐渐地，在秦国的百姓中流传出一段美丽的神话，他们将弄玉与萧史说成是来自天上的仙人，因为他们的笙箫和鸣太过美妙，引来了天上的龙和凤。它们乘着箫声，载着弄玉和萧史飞向了华山。

如果可以，清照多希望自己和明诚也能像传说中的弄玉和萧史一般，乘着龙凤，飞往山中隐居。然而，自从明诚去往莱州做官，当年凤楼之中那些令人无限怀念的情事，也已经堕于烟雾之中。

她心中的那个"武陵人"，已经渐行渐远。多少次，清照独自站在"秦楼"之上，呆呆地倚楼凝望，却从未望见过他的身影。她空有一刻盼归之心，却无处可说，更无人可以读懂她那凝望的眼神。只有楼前的流水，终日倒映着她倚楼凝望的身影。因为相思与哀愁无人能懂，清照的旧愁之上，便又添了新愁。

离别之苦有增无减，字里行间流淌着清照的哀怨。正如明代著名戏曲点评家茅暎在《词的》中所说："出自然，无一字不佳。"也许，只有识尽了愁滋味之人，才能将闺怨之情写得如此不矫揉造作。从前的清照，若是因寂寞而神伤，不是泛舟便是饮酒来排解愁绪。如今的她，却连说都不愿说，越是沉默不语，心中的愁绪便越是曲折。

总有人说，人世间，唯有一个"情"字最难解。一切聚散，皆因缘起缘灭，纵然深情万种，终究要忍受缘分的捉弄。

她以为，与他相守一生，便应是彼此的归宿。那时的她，深陷于爱中，觉得周遭的一切美好都是那样理所应当。直到如今，清照才终于认清，只因她只愿意将美好收纳于眼底，才误以为世上再也没有惆怅。

思念无时无刻不在揉搓着清照脆弱的情感，她清楚地感觉到自己已经走到了崩溃的边缘。如果继续这样痴守，也许无法再活着见他一面。于是，清照毅然离开了她心中的桃花源，她开始收拾行囊，要去往他所在的远方。

她是怎样一位痴情的女子，因为痴情，才让她柔弱的身躯变得刚强。她再也不要忍受分离之苦，她要永远和他在一起，将她的喜怒哀乐尽情盛放于他的面前，哪怕这些情感交织在一处，最终演变成悲壮。

宣和三年（1121）八月，清照终于将行囊打点好。她独自远赴莱州，要与自己的丈夫团聚。一连几日的跋涉，让身体本就柔弱的清照疲惫不堪。当行至昌乐，又遇天降大雨，无法前行。她找到一处客栈暂住下来，窗外雨声急切，伴随着深秋的瑟瑟寒意袭来，牵动着清照的愁肠。

距离莱州，还有二百余里路，一想到与明诚还要许久才能相见，清照便更觉这路仿佛长得没有尽头。离开青州，也已经几十里路，前路与归路，都是那样遥远，独居昌乐客栈中的清照从未如此刻这般迷茫。

她有些思念青州的那些姐妹，外面风雨声如此之大，想必也是无法安眠了。她索性提笔写词，寄予自己的青州姐妹们：

蝶恋花·晚止昌乐馆寄姊妹

泪湿罗衣脂粉满，四叠阳关，唱到千千遍。人道山长山又断，萧萧微雨闻孤馆。

惜别伤离方寸乱，忘了临行，酒盏深和浅。好把音书凭过雁，东莱不似蓬莱远。

一个人的旅程，本就孤独。这令清照更加怀念在青州的时光。那时的她，既有明诚与自己惺惺相惜，又有许多姐妹与她相互安慰。那时的生活，是那样快乐，不似如今，只剩彷徨。

　　同为女子，那些姐妹深知清照的一切苦与乐。有时候，她们的一番话，甚至比明诚的百般呵护更能令清照宽心。只可惜，姐妹们都有各自的归宿。清照决定远赴莱州寻夫，便注定要将姐妹们舍弃在青州了。

　　对姐妹们的想念之情是那样浓烈，令清照懒得再去表达其他情感。开篇第一句，便是向姐妹们倾诉，因为想念她们，此刻的自己已经泪湿衣襟，脸上的脂粉也被滚滚珠泪冲刷了下来。

　　离开青州时，姐妹们也一起前来送行。姐妹几人手拉着手，同样也是泪湿罗衣。这一别，不知何时才能相见，她们有说不完的叮嘱，更有道不尽的不舍。清照已经在临别之时大哭了一场，此刻的眼泪，却丝毫不逊色于当时。

　　清照的泪，带着灼热的温度，每一滴泪珠，都在无声地讲述着对姐妹们的留恋。她知道，姐妹之间，无需过多言语，只需一个动作，一个眼神，便能读懂对方的心境。也许，姐妹之间也是心灵相通的，她们此刻也定能感知清照对她们的思念。

　　她与明诚的一切美好，都在这些姐妹们的见证之下。她们看过清照的笑容，也看过她的哀愁，更看过她伤心的眼泪。每当清照有任何情绪，便喜欢与姐妹们倾诉。尤其是在明诚离开的日子里，若是没有她们的慰藉，清照不敢想象自己会是怎样憔悴。

　　送别时，姐妹们也曾吟唱起王维的《阳关曲》，每当人们唱起此曲，便定要连唱三遍，因此此曲也被称为《阳关三叠》。

姐妹们的歌声落于清照心中，便留下了深深的烙印。别人听来是"三叠"，在她心中却早已成为了"四叠"。

此刻，姐妹们的歌声仿佛还在耳畔回荡。独居客栈的清照也伴随着姐妹们的歌声反复将《阳关曲》唱了"千千遍"。即便如此，她还是难尽别情。如果说每唱一遍便是"四叠"，那唱了"千千遍"又该是多少叠呢？

这长长的山路，将清照与最亲近的人全部分隔两地。一端是她久别的丈夫，另一端又是与她至亲的姐妹。她的亲情与爱情，仿佛都被阻断在了这异地的客栈之中。窗外风雨潇潇，惹得内心异常凄苦。无边的忧伤，彻底搅乱了清照的心绪，此刻身处的地方，也成了一处孤独寂寞的所在。

因为离别，清照的一颗心已经彻底乱了。都说人心只有方寸地，又哪里盛放得下这样多的哀愁？临行之前，姐妹们专程为清照准备了饯行宴。她们知道清照喜欢饮酒，便特地准备了上好的美酒。然而，离愁缠身，清照哪里有心去开怀畅饮？此刻回想起来，她甚至回忆不起饯行宴上的酒杯斟得是满还是浅，更不要提自己是如何将那些酒喝下去的，以及那酒的味道究竟如何了。

姐妹们温柔的语声，早已深刻在清照的心底。饯行宴上的场景，也仿佛跃然纸上。那宴席之间，有人因哀伤而默默垂泪；有人端起酒杯，豪放饮下一杯；有人拉着清照的手，有说不尽的叮嘱；唯有清照，泪眼蒙眬之间，神思已不知飘往何处。她近乎麻木地饮下一杯又一杯，仿佛只有这样，才能将姐妹们的情意烙印在心头。

几十里路程，还不足以让清照将回忆抛在身后。与姐妹们的情感，即便无法触碰，也永远不会抹灭。她不知道自己的归宿究竟在何处，被泪水模糊的双眼，令她更加辨不清方向。在某一个刹那，清照也曾软弱地想要掉头折返回青州。然而，下一刻，她又坚定了自己，执着地走向莱州的方向。因为她要奔赴的，是一段崭新的人生。

清照最害怕的，便是至亲至近之人没有音信传来。既然离别已成定局，纵然想念，也不能日日相见了。她想要叮嘱姐妹们，一定不要忘记时常鸿雁传书，在书信中告知彼此的近况，让身在远方的她不至于那样惦念。

她甚至有些庆幸，自己即将去往的地方是莱州。这里毕竟是一处实实在在的所在，不似上古传说中的蓬莱，虽为海上仙山，却虚无缥缈，世人不能登及。

其实，这哪里只是在叮嘱姐妹，这分明是清照在安慰自己。既然莱州不似蓬莱那般遥不可及，自己与姐妹之间便可以靠书信来寄托思念。只要时常有音信传来，便证明姐妹们没有忘了自己。

写给姐妹的一阕小词，虽不如写给丈夫明诚的那般深情，却不得不堪称别具匠心。清照在词中追忆了与姐妹离别时的情景，又进而带出了自己独居客栈中的孤独心境。离别的哀愁与时常通信的希望，令人读来更觉情意深远，余味深厚。

只可惜，清照并未真的就此释怀。聪慧如她，何尝不会去想，既然莱州与青州通信如此方便，为何明诚的书信却迟迟未见一封？仕途牵绊住了他的脚步，难道也牵绊住了他对自己的思念？又或许，他从未曾思念自己，也许，距离真的能将深情冲淡。

于是，清照又陷入了另一重哀伤，秋寒阵阵，她的心也因秋雨而变得潮湿。唯有春日的暖阳能让她的内心干透，那片阳光，唯有明诚能够给予。

不再是他的风景

甘愿做他的红颜，却终究抵不过似水流年。纵然为他星夜跋涉，纵然为他忍受彻夜清寒，当重逢的那一刹，一抹悲凉的笑容，诉不尽万千思念。一声清淡如水的问候，揉碎了寂寥的痴心。

清照独自奔行了几百里，只为赴一场相守一生的约定。她前行的动力，便是那个令她在心中思念了千万次的人。她以为，当自己出现在明诚的面前，他定是满眼欣喜，只要两人团聚，哪怕是身处繁华，也能重拾隐居岁月的温馨。

然而，他的身边，却围绕着其他女子。清照的一抹笑意凝结在唇边，眼中却流露出无法掩藏的悲戚。那些女子中，有明诚新纳的妾室，还有他养在府中的歌妓。原来，清照于他，早已不是眼中唯一的风景。他看她的眼神，带着一丝惊诧，还带着些许陌生。

清照终于认清，原来自己才是那个突然闯进他生活当中的人。他的杳无音信，只因身边早有伊人相伴，清照在他心中的位置，竟然并非是无可代替。

眼前的明诚，已经不再是只属于清照一人的丈夫。他身边的女子，青春正好，更加映衬出清照不再年轻的容颜。几颗无声的泪滴，悄悄落于心底，清照强打精神，没有让悲伤盈出眼眶，可他淡漠的表情，却深深地刺痛了她的心。

对于清照来说，明诚是她的所有。可对于明诚来说，这世上还有数不完的风景。他就在她的面前，心却早已经走远。清照用平静的表情维持住了最后的尊严，颤抖的指尖，却出卖了她的悲伤。

短暂的惊诧过后，明诚终于表露出了应有的欣喜。他的确是深爱着清照的，只是这份爱并不是他能给予的全部。他高兴地安排着清照住下来，然而，却从未问过一句，清照是否为这些女子的出现而伤心。

那是一个男子可以拥有三妻四妾的年代，纵然心中万般不情愿，清照也只能接受现实。那些女子几乎取代了自己，终日围绕在明诚身边。她们可以对他百般讨好，这些都是骨子里高傲的清照所给不了的。

渐渐地，清照的感受在明诚心中变得不那么重要。白日里，他陷于繁忙的公务之中；回到家里，便沉迷于那些女子给予的欢愉。原来，守在他身旁，依然一样孤独。一首《感怀》，便是清照写于孤寂之中：

感怀（并序）

宣和辛丑八月十日到莱，独坐一室，平生所见，皆不在目前。几上有《礼韵》，因信手开之，约以所开为韵作诗，偶得"子"字，因以为韵，作感怀诗。

寒窗败几无书史，公路可怜何至此。

青州从事孔方兄，终日纷纷喜生事。

作诗谢绝聊闭门，燕寝凝香有佳思。

静中吾乃得至交，乌有先生子虚子。

　　明诚对清照的冷落，早已引来清照的不满。此时的明诚，刚刚出任莱州郡守，每日总有忙不完的应酬，想要在家中见他一面，都实属难得。然而，整首诗的字里行间，却不见一字埋怨，清照反而用一种调侃的口吻，在讲述着自己的孤寂。

　　在明诚做官之前，金石、古物、书籍，再加上清照，便是他生活中的所有。这一次到莱州赴任，明诚只带了最简单的行囊，他最爱的那些收藏一件都没有带走。清照以为，凭明诚对于这些物品的痴迷，在莱州期间也一定会收集到许多藏品。然而，到了这里才发现，做官已经成了明诚的全部生活，那些曾经熟悉的物品，竟然一样都没有。

　　一连被明诚冷落了许久的清照，孤独地坐在房间当中。她无法与明诚的姿室与歌妓打成一片，她骨子里的高傲与周身散发出来的才情，更令这些女子无法靠近。百无聊赖的清照，只能与诗书相伴。这一日，她的视线刚好看到书桌上的一部《礼韵》，这是一部官颁的韵书，平日里总是放在清照的书桌上。

　　既然无事可做，索性作诗解闷。清照在心中与自己暗暗约定，随手翻开一页，就以那一页上的字作为韵，来作一首诗。清照翻开的那页，正是一个"子"字，于是她便决定以"子"字为韵作诗，便是这首《感怀》。

　　她与明诚在青州的家，收藏有整整几个书橱的书籍。清照最喜欢的，便是诗书与史集，可是在莱州寓所，破旧的窗台与书案之上，竟然没有一本这样的书。

其实，身为莱州郡守的明诚，所居住的府邸又何至于落魄到"寒窗败几"的境地，这不过是清照在为明诚精神生活上的缺失而轻蔑。

清照的脑海中，浮现出"穷途末路"四个字，就像三国时期的袁术。建安二年（197），袁术曾在扬州称帝。但没过多久，就在吕布与曹操等人的攻打下大败。走投无路的袁术决定去投奔雷簿，不承想却遭到了雷簿的拒绝。袁术率领的大军在原地驻扎了三天，因为粮草断绝，只得退兵到江亭。袁术命令起锅做饭，军厨却告知他总共只剩下三十斛麦屑。既然食不果腹，袁术便想要一些蜜浆来解渴，却被告知，根本无处去寻找蜂蜜。

当年，袁术也曾有过半生辉煌，即便不是翻手为云覆手为雨，至少也有享不尽的荣华。如今，竟连一水一饭都无处解决，无奈之下，他发出"袁术止于此乎"的叹息，之后便呕血身亡。

清照觉得，无书可读的自己，一如当年走到穷途末路的袁术，"公路"便是袁术的字，于是清照才感叹"公路可怜何至此"。

在《世说新语·术解》中有一段讲道："桓公有主簿，善别酒，辄令先尝。是谓青州从事，恶者谓平原督邮。"清照诗中所说的"青州从事"，便是酒的代称。西晋文学家鲁褒在《钱神论》中曾这样形容金钱："亲之如兄，字曰孔方"，于是，清照也索性将金钱称作"孔方兄"。

来到莱州的这几日，清照发现明诚每日都奔波于酒宴之中。他再也不是那个无欲无求、只痴迷于收集金石的"武陵人"，而是变成了一个醉心于钱财的仕途中人。酒宴与金钱，在清照看来都是一些无聊的事情，明诚却每日辗转其中，乐此不疲。她多想知道，沉溺于酒色与权财当中的明诚，是否真的比当年隐居青州要快乐。清照早已看透了那些明诚尚未看透的东西，纵然他为了权势与财富终日奔波，那些财富却终究无法在死后带走。

这样的生活，清照认为简直俗不可耐，一群虚伪的人聚在一起相互逢迎，惹出来的都是是非。

清照最不喜欢那些虚伪的应酬，她宁愿每日闭门谢客，沉醉于诗书当中，在安静的氛围中寻找作诗写词的灵感。她喜欢在房中焚香，缭绕的香气能让她静下心神，这才能诞生一首又一首流传千古的名篇。

这本就是清照最向往的生活方式，唯有这样的生活，才真正称得上"情趣"二字。只可惜，这种清净闲适的生活，明诚再也不愿拥有了。他仿佛中了权势的毒，虽然明知是饮鸩止渴，却如飞蛾扑火一般朝着汹涌无边的宦海一头扎了下去。他变得让清照不再熟悉，有许多次，清照回想起那个与自己初见的少年郎时，都无法与眼前的明诚重合在一起。

虽然环境是寂寞的，清照的内心却因诗书而充实。在寂静的氛围中，她交到了两个好友，一个是乌有先生，另一个便是子虚先生。

"子虚乌有"，本是西汉文学家司马相如在《子虚赋》中提到的两个虚拟人物。赋中所提到的子虚先生，本是楚国人。

在出使齐国之时，随齐王出猎，齐王便向他询问起楚国的状况。子虚先生将楚国的广大丰饶极力铺排了一番，还说楚国的别都云梦不过是楚国后花园的小小一角。

出猎归来之后，子虚先生又将自己对齐王所说的话复述给齐国的乌有先生。乌有先生不服，便将齐国的大海名山、异方殊类罗列了一番，誓要与楚国比个高低。

其实，所谓广大丰饶，所谓大海名山，不过都是一片虚无。子虚与乌有，也成为虚无缥缈的一个代称。与子虚与乌有成为好友，不过是清照对寂寞的一种自嘲。

她怎能不怨恨当下的生活？半生已过，清照一直过着衣食无忧的生活。她从未富裕过，却也从未穷困过。她为自己曾经的生活而满足，认为这样简单平淡，才是真正的幸福。可是，她又如何能去责怪追求仕途的明诚，她是那样深爱着他，即便他走错了路，她依然站在原地痴痴地守候。

在清照的心中，依然保存着美好的希望，也许有朝一日，明诚会看透一切，回心转意与她重新找回从前的生活。可是，到时候，又真的会像从前一样快乐吗？他的妾室，他的歌妓，从此要插入他们的生活，也许，在明诚心中，她们比自己更加重要吧。

窗外，纷繁的落叶如同一场飞雨，堆满了幽深的庭院。天色又已变暗，庭院中的月光不知被什么揉碎了一般变得支离破碎，像极了清照此刻寂寞寥落的内心。她痴痴地站在床边，满眼凄迷，一滴泪，无声地落于红尘之中，忘记了随风飞舞。

第六章

国殇 怎敌他晚风来急

战火暗淡了光华

悠然闲居的岁月，早已一去不返，到最后，就连平静的生活，都已经成了奢望。

此时的大宋王朝，如一片枯叶在风雨中飘摇。内忧外患，几乎将朝廷蛀成了一座空壳，这一切都是宋徽宗在位时种下的祸根。

当年，宋徽宗重用奸臣蔡京、宦官童贯等人。朝中局面与日俱下，最终导致天下大乱。民间各地，农民纷纷起义，直到宋江与方腊分别领导的两次大型农民起义爆发之后，彻底将宋朝的乱局推向了颠覆的命运。

这一边，大宋王朝刚刚将农民起义镇压下来，正处于元气大伤之时；另一边，蔡京却提议与金国联手攻打辽国。就在清照前往莱州的前一年，宋朝与金国正式结成同盟。天真的宋徽宗以为，这样便可以轻易将被辽国霸占的燕云十六州夺回来，没想到，尽管辽国已经走到穷途末路，却依然能与宋朝军队一争高下。

宣和四年（1122），北宋两次出兵攻打燕京，都大败而归。到了年底，金国军队攻克了燕京，却再也不愿将燕云十六州交还给北宋。最终，经过几番商议，北宋只要回了燕京所属的六州二十四县。作为交换，北宋还要每年向金国交纳四十万贯的岁币，以及额外的一百万贯"代税钱"。

当金国从燕京撤兵之时，金兵将燕京的金帛、女子、官绅、富户席卷一空，只留给北宋几座空城。

公元 1123 年 7 月，与北宋交好的金国皇帝完颜阿骨打病逝，其弟弟完颜晟继位。刚刚继位的他便筹划着攻打北宋。这一场谋划，足足进行了两年。1125 年 8 月，完颜家族终于以"张觉事变"为借口，决定向北宋发兵。

从 1125 年 10 月到 1126 年 1 月，短短三个月的时间，金国便已经攻打下中山府，距离北宋京城只剩下十日的路程。在如此紧迫的形势之下，宋徽宗竟然萌生出弃国南逃的念头。朝中有威望的官员极力反对弃国，提议将皇位传给太子，以此招徕天下豪杰。

1125 年 12 月，太子赵桓继位，是为宋钦宗。第二年，北宋的年号更改为靖康，却丝毫没有扭转屡战屡败的局面。正月初三，宋徽宗还是假借烧香为名，带着数名内侍逃出京城，途经亳州，去往镇江避难。

1126 年 1 月 31 日，金国军队将北宋都城汴京包围。宋钦宗不听官员李纲劝阻，执意派出自己的弟弟康王赵构与宰相张邦昌为使臣，携带金银绢帛等物与金兵议和。金兵将康王与宰相扣押为人质，索要金五百万两、银五千万两、牛马等各万匹、绢帛百万匹，并要求北宋割让太原、中山、河间三镇，这才同意退兵。

金国撤兵之后，宋钦宗竟然冒出一个愚蠢至极的念头。

他认为，金国使者萧仲恭与监军耶律余覩都是原辽国贵族，可将这二人诱降，便以蜡丸封了一封书信送给这二人，请他们作为金国的内应。这件事给了金国再一次攻打宋国的理由，1126 年 9 月 5 日，两路大军从金国出发，不出十日便攻克了七座城。到了 1126 年年末，北宋都城汴京再一次遭到了金兵的围攻。

这一次都城被围，远不及上一次那般容易解围。金兵将潼关封锁，将北宋最精锐的部队全部阻隔在潼关以内。两路金军联合攻城，形成四面合围之势，汴京彻底被围成了一座孤城。

宋钦宗一面将希望寄托于妖人郭京的刘家神兵上，一面又派出使臣向金国求和。然而，金国已经下定了攻破汴京的决心，1127 年 1 月 9 日，金兵假意宣布议和退兵，提出要"太上皇"宋徽宗亲自前来议和。可是，宋徽宗早已吓破胆，只得宋钦宗亲自前往。

这分明就是金国设下的圈套，宋钦宗一到金国兵营，便按照金军统帅的要求写下了降表。金军统帅执意要求宋徽宗前来，宋钦宗苦苦哀求，这才作罢。接着，宋钦宗又按照金人的要求，带领随行官员面北而拜，向金人行臣礼，并宣读降表，这才被心满意足的金人放回汴京。

宋钦宗刚刚回到朝廷，金人就紧随其后前来索要金一千万锭、银二千万锭、帛一千万匹，以及骡马无数，以至于汴京城中的骡马被洗劫一空。金人并不打算就此收手，他们还继续索要少女一千五百人，无奈的宋钦宗甚至将自己的嫔妃也送出去凑数。许多不甘心受辱的女子大多自尽，一时间，汴京上空恸哭之声不绝于耳。

金人再次提出要宋钦宗亲自到金国兵营谈判，宋钦宗不敢违背，只得亲自前往。从此，宋钦宗便成为金国的俘虏，他们只给宋钦宗三间简陋的小屋，晚上只能睡在土炕之上，门外还有金兵把守，屋门还被锁链锁住。白天，宋钦宗要忍饥挨饿，夜晚，还要经受刺骨寒风。

他屡次恳请完颜宗翰将自己放回汴京，却遭到厉声斥责，吓得宋钦宗再也不敢提起此事。金人在汴京城中扬言，金银布帛一日凑不齐，便一日不放宋钦宗回京。宋朝官员只得在民间大肆搜刮，足足一个月过去，距离金人索要的数目还相差甚远。

汴京城中的百姓自从被围困，已经无以为食，只得以草根、树叶充饥。直到城中的猫狗都被吃光，便开始了人吃人的恐怖局面。瘟疫就在此时肆意蔓延，城中饿死、病死者无数。

既然劫掠不到金银，北宋官员便索性劫掠物品代替金银献给金人。无论是祭天用的礼器，还是各种图书典籍、乐器，甚至是戏服和道具，都成了他们搜刮的目标。只要稍有姿色的女子，也被朝廷捉去，供金人玩乐之用。

即便如此，金太宗还是在 1127 年 3 月 20 日下诏，将宋钦宗废为庶人。就连躲在宫外的宋徽宗也被金人捉拿至金兵营地。他们逼迫宋徽宗与宋钦宗脱下龙袍，又将一向主和的张邦昌册封为傀儡皇帝，定国号为"大楚"。之后，便带着劫掠来的金银财物，兵分两路押解着宋徽宗与宋钦宗向北而去。

国家的分裂，令百姓生灵涂炭。清照与明诚虽远在山东，却也已经感受到了这种亡国的气息。就在宋徽宗与宋钦宗被扣押在金营作人质的时候，江宁传来噩耗，明诚的母亲于1127年3月离世。悲痛欲绝的明诚赶忙只身前往江宁奔丧，留在山东的清照没有一日不是在惶恐中度过。

1127年5月，亲王赵构在南京应天府（今河南商丘）即位，建立南宋，并将江宁改名为建康，意欲在那里建立督府，以表抗金决心。8月，正在江宁为母守孝的明诚被南宋朝廷任命为江宁知府，既然明诚要长时间地留在那里，清照索性也收拾行囊，趁机南渡避难。

清照最在意的，并非是自身的安危。她更希望能将家中的藏品统统带去南方，守住她与明诚多年来付出的心血。可惜，家中的藏品实在太多，许多大件的藏品根本无法带走。与明诚商量之后，清照决定先将一部分藏品带走，那些又大又重的刻印本、没有落款的古器、价值不太大的字画、书籍都被她暂时存放在家里。

尽管经过仔细的精挑细选，清照要带走的藏品还是足足装了十五车。临行之前，她反复摸索着那些被她"暂存"在家中的藏品，心头一阵阵地滴血。十几年来，为了这些藏品，她与明诚省吃俭用。每一件藏品，都被他们反复摩挲过，仿佛还停留着他们指尖的温度。即便是暂存，清照也难以割舍，就像从心头割下一块块肉，叫她怎能不痛心难过。

这十五车藏品由清照一路带到东海，分装成几艘船，运送至江宁。清照本以为，青州距离汴京路途遥远，暂时还算是安全，这些藏品待来年春天气候温暖起来再运走也不迟。然而，就在12月，青州发生兵变，清照家中那整整十几间屋子的藏品，在战火中付之一炬。可惜清照与明诚多年的心血，就在刹那间化为灰烬。

逃亡在南渡路途中的清照，还不知道青州家中的惨状。她带着十五车藏品一路逃到镇江，不料正赶上镇江大乱，镇江守臣钱伯言弃城而逃。清照一介弱女子，凭借着自己的智勇，在兵荒马乱中好不容易才将这十五车稀世珍宝保全下来。

平日里的清照，虽从不浓妆艳抹，却也从未像此刻这般狼狈。她穿着最粗糙的布衣，混于一众难民当中，灰头土脸地缓慢向南前行。她的身躯，羸弱得仿佛摇摇欲坠，双眼当中，却绽放出坚定的眼神，证明她不愿意成为傀儡朝廷政权下苟活的百姓。

瑞鹧鸪·双银杏

风韵雍容未甚都，尊前甘橘可为奴。谁怜流落江湖上，玉骨冰肌未肯枯。

谁教并蒂连枝摘，醉后明皇倚太真。居士擘开真有意，要吟风味两家新。

背井离乡，流落于逃南之路上，清照觉得自己就仿佛一颗被摘离了银杏树的银杏，颠沛流离，愁情满怀。

银杏的风姿气韵，一直是清照十分欣赏的。因为它看似并不奢华，也并非珍惜的贡品，却有着雍容的仪态。许多人都喜欢柑橘的黄澄色泽，常常将其摆于酒樽之前作为果品享用。与之相比，银杏的果肉与汁水的确不如柑橘丰富，形态上更不及柑橘硕大诱人，但清照却觉得，在银杏面前，柑橘不过只配沦为银杏的奴婢。

看到银杏，清照便睹物伤情，联想到自己。那是一枝被人采摘下来的双蒂银杏，从被摘离树梢的刹那，它便永远失去了高大的树干与茂密的树叶保护，沦为人们盘中之餐。吃银杏的人，有谁会去怜惜它们？然而，清照却看到了那一枝银杏在被摘离树干许久之后依然不肯枯萎，保持着圆浑的本色，更加激发了清照的怜惜与自伤之情。

她又何尝不是被迫离开了故土，银杏在脱离枝干之后尚能保持"玉肌冰骨"，清照自己更要保留自己的气节，不与那些趋炎附势之人同流合污。再恶劣的环境，也不能令清照屈服。与她相比，那些留在傀儡朝廷中甘为臣子的所谓文人士大夫，该好好地自惭形秽一番。

那一枝被人摘下的银杏，本是并蒂连理的模样。彼时，唐明皇与杨贵妃于玉楼宴饮之后，宿醉初醒，肩并着肩去花园中看那新开的芍药。唐明皇上前亲手折下一枝花，放到两人中间，他与杨贵妃凑在一起，一同嗅那花朵的香艳。

那两颗并蒂银杏，就如同在地愿为连理枝的明皇与玉环。而能与清照并蒂连理之人，便是身在江宁的明诚。许久以来，两人之间仿佛隔着一道无形的墙，虽朝夕相处，却保持着距离。因为战乱，反而让两人的心贴近了许多。一想到明诚还在远方等待自己，清照便又有了前行的力量。

那两枚并蒂银杏，就摆在清照面前。她轻轻地将两颗银杏分开，瓣开其中一颗品尝，将另一颗放入怀中。她要将这一枚银杏带往江宁，亲手递给明诚，让他尝一尝这颗银杏的滋味。仿佛共同吃下这两个并蒂银杏，就能让他们夫妻从此连心，再也不要有隔膜。

　　结尾的一个"新"字，正是"心"字的同音，这就是清照想要表达的情感，他与明诚的心，将永远记住这甘香醇美的滋味，从此患难与共，不再分离。

思国之梦　女子豪情

壮志云天，豪情四海，似乎只是男子独有的本性。南渡之前，清照的确只是一名柔弱女子，但她内心的倔强与高傲，也时常流露于词句之中。南渡之后，经历了国破家亡的她，内心变得坚强了许多，有时候，就连身为男子的明诚，都不如清照那般满腔热血。

公元 1128 年的春天，清照终于和明诚团聚了。自从来到江宁，清照看到了太多心存投降之意的官员。他们都是朝廷的达官显贵，却只享受着朝廷的俸禄与优待，从不考虑为国效力，收复失地。他们的所作所为令清照失望透顶，这些贪图安逸之人，只愿守住这一隅之地，国家的兴衰，他们毫不在意。朝廷从北宋变为南宋，对他们来说，不过是换了一个地方做官而已。

一切都仿佛还是国破之前的模样，他们贪图享乐，日日欢愉，没有一人为朝廷的政局而忧虑。身为女子，清照无法为国效力，她只能化笔为剑，字字珠玑地嘲讽那些贪图安逸的官员。

咏 史

两汉本继绍，新室如赘疣。

所以嵇中散，至死薄殷周。

在历史上，西汉与东汉本是相互承接的关系。既然汉朝也是如此，宋朝由北宋承接至南宋也无不可。然而，清照不能理解的是，在北宋与南宋之间，还挺立着一个由金人扶持的傀儡朝廷，这个朝廷就仿佛人的身体上长出的多余肉瘤，毫无用处。

这一点，宋朝仿佛复制了汉朝的历史。西汉末年，王莽取代汉朝称帝，国号便是一个"新"字。因此王莽所建立的王朝，便被后人称为"新室"。在清照看来，金人建立的傀儡朝廷，又何尝不是另一个新室？如此多余肉瘤一般的朝廷，简直令人厌弃。

想到西汉，清照便又想到了汉朝之后的三国时期。当时的魏国人嵇康迎娶了曹操的曾孙女长乐亭公主为妻，官至中散大夫，世人称其为"嵇中散"。他生前最善于以古琴弹奏《广陵散》，乐于过着这般修身养性、弹琴吟诗的生活。

司马家族建立晋朝之后，嵇康的好友山涛出任礼部郎迁散骑常侍，他向司马家举荐嵇康来出任他原来的职务，嵇康却认为自己是曹魏宗室，不肯出任晋朝的官员，一怒之下便与山涛绝交，并写下了《与山巨源绝交书》，其中有一句便写道："非汤武而薄周孔。"意思便是，对于司马家族建立起来的那些虚伪的礼教，他是发自内心的鄙视。

不仅如此，他屡次拒绝了朝廷要他出仕为官的命令，因此得罪了魏国谋士钟会，遭到了他的陷害而被司马昭处死。临死之前，嵇康依然从容不迫地弹奏着《广陵散》，面色与平常无异。一曲终了，嵇康感叹：“《广陵散》从此失传了！”

清照是在借用王莽与嵇康的故事，来嘲讽那些苟且偷生的南宋官员。所谓巾帼不让须眉，就体现在清照的诗中。

身处江南，的确远离了战火纷争，清照与明诚又重新拥有了一段平静的生活。官居知府的明诚，已经可以为清照提供更加优越的生活，可此时的清照，却再也找不回那种清贫时候的快乐。她的心中，已经充满了国仇家恨，纵然面对满园鲜花盛放，也再无法从心底展露出笑颜。她此时的诗词当中，也不见当年的闺怨，字里行间都充斥着不愿苟且偷生的气节。

摊破浣溪沙

　　揉破黄金万点轻，剪成碧玉叶层层。风度精神如彦辅，大鲜明。

　　梅蕊重重何俗甚，丁香千结苦粗生。熏透愁人千里梦，却无情。

这又是一首咏花之词，在清照的咏花词中，以梅花居多，咏桂花的词，仅存两阕，这便是其中一阕。

清照咏花，并非是在描摹花的形态，而是在借助花的性情来抒发自己心中的万千感慨。桂花的色泽，有着淡淡的金黄，仿佛揉碎之后的黄金，呈现出万点耀眼的金花。桂花的千层脆叶重重叠叠，如同碧玉剪出的一般。这是怎样一幅迷人的画卷，金秋十月，丹桂飘香，桂花的淡雅，非群花可以比拟。

它不似国色天香的牡丹，没有娇艳的色泽，更没有饱满的花瓣。它只是那样娇小的一朵，色泽淡雅，却无法掩藏它的金玉之姿。虽有金玉之姿，桂花却依然有着轻柔的姿态，它不矫揉，不造作，只清清淡淡开于世间，不与群花争艳，更不求他人关注，只保持着自己的淡雅气节。

桂花的风度精神，令清照联想起西晋名士乐彦辅。他本名乐广，因官至尚书令，又被史称为"乐令"。他为人谦和节俭，与世无争，又十分有远见，总是能用三言两语便将复杂的事情分析清楚。若是他不懂的事情，他便不轻易开口，只要开口，便定能令人满意。于是，人们都说乐彦辅其人就如同水一般的镜子，见过他的人，都能感受到他如玉石般的光彩，如同拨开云雾见青天一般。

若是换作以前，清照总是以凌寒盛开的寒梅作比。她的词中，不乏"香脸半开娇旖旎""莫辞醉，此花不与群花比""良宵淡月，疏影更风流"这样咏梅的词句。而今，她却觉得梅花那重重叠叠的花瓣，仿佛一名只懂得乔装打扮的女子般俗气。而饱受世人赞誉的丁香花，一簇簇拥挤在一起，丝毫不舒展，又显得太小气。

一切都源于清照的心境起了变化。梅花与丁香，并非真的俗物，只是因为局势所困，平日里最令清照喜爱的那些花朵，反而更加激起她的愁绪。因此，在桂花的清雅面前，梅花与丁香才显得俗气和小气。

她的思绪，正沉溺于对往日美好的怀念之中。阵阵桂花散发出的浓香，却将她硬生生地从思绪中拉了出来。清照忽然有些责怪面前的桂花，她因为桂花的高雅而如此倾心于它，可它却偏偏以沁人心脾的浓香侵扰了她怀念过去的美梦。这样的桂花，是不是有些太过无情？

秋日总是能引来无限愁情，清照的秋愁，又何止于此？

鹧鸪天

寒日萧萧上琐窗，梧桐应恨夜来霜。酒阑更喜团茶苦，梦断偏宜瑞脑香。

秋已尽，日犹长，仲宣怀远更凄凉。不如随分尊前醉，莫负东篱菊蕊黄。

咏罢丹桂，清照又借梧桐秋景遥寄乡愁。醉酒之后思乡，更显凄凉。

晚秋的日光，已经带着阵阵寒意。阳光照在琐窗之上，带着凄冷的气息。清照已经不记得自己发呆了多久，她只记得从太阳刚刚升起，她便一直保持着现在的姿势，此刻，阳光已经照耀窗棂，想必自己已经发呆了许久。

百无聊赖之时，清照的视线便落在了院中的梧桐树上。梧桐比人更能感知时节，一入秋便已经落尽了叶子。清照猜测，梧桐一定恨极了夜晚的寒霜，正是因为霜的寒冷，才让它树叶凋零。

生命凋零，总是令人伤感。萧瑟的秋风，冷到人心寒；凄冷的秋雨，沁凉着周身。光秃了枝丫的梧桐，显得有些无助。苍茫尘世之中，挂在树梢的雨滴，似乎就是它伤情的泪珠。清照懂得梧桐的落寞，滴滴秋雨，在心头滴落成愁。

如此低落的心境，即便是身处暖阳之下，也无法感到一丝的温暖。树上的最后一片梧桐叶，在寒风中挣扎了许久，终于难抵飘零的宿命。清照将那一片落叶捧于手心，想要为它做些什么，却注定永远无法让它焕发新的生命。这种感觉，让清照无助。风雨飘摇的大宋王朝，有谁能让它重回昔日的兴盛？

梧桐恨那寒霜，清照则恨那些让国家衰亡之人。与金人相比，那些无所作为的官员更加可恨。他们却似乎没有感受到国家将亡的凄凉，清照的恨意，从笔端一直蔓延到心底。

此时国家正遭遇的灾难，就如同梧桐遇上了寒霜。清照也恨，她恨眼下的战乱，也恨那些不求为国效力之人。寂寥之情，唯有借酒排遣。清照不知不觉多喝了几杯，自己也能感受到醉意袭来。她为自己沏了一杯团茶，这种茶味苦，却能解酒。微醺的清照反而觉得这清苦的茶香比酒香更好闻。

并非每一个寻常家庭都能饮到这种团茶，因为在茶饼上印有龙凤的花纹，这种茶也被称为"龙凤团"。据说，最正宗的"龙凤团"，是采摘最细的茶树嫩芽，经过烘焙、研磨之后，再加上胚料，制成茶饼。饮用时，只需掰下一点研碎，便能品尝到沁人肺腑的茶香。

"龙凤团"的用料及制作，都十分考究，因此产量极少，价格也几乎与黄金等价。平日里能时常喝到这样的茶，足以证明清照此时的生活是何等优越。只可惜，国家只剩半壁江山，纵然终日能品尝到珍馐美味，也无法令清照开怀。

一杯茶饮尽，酒意尚未散去，沉沉醉意惹得清照昏昏欲睡，半梦半醒之间，一阵瑞脑的香气袭上鼻端。这种香越是在清冷寂静的环境之中才更易散发，足以见得，清照所处之室，该是何等寂寥。

秋日就快过完了，清照却依然觉得这白昼是如此漫长难熬。她记得，汉末文学家王粲曾写过一篇《登楼赋》，开篇一句便是"登兹楼以四望兮，聊暇日以销忧"。当年，十七岁的王粲因躲避战乱，南逃至荆州投靠刘表，却没能受到刘表的重视。于是，他登上湖北当阳县城楼，写下这篇著名的《登楼赋》，来抒发自己壮志未酬、怀乡思归的忧愁。

清照觉得自己就如同当年的王粲，漂泊异乡，无法踏上归途。这种怀乡之情，比深秋的天气更加凄冷，想到此处，便觉得自己比当年的王粲更加凄凉。

深秋也是菊花盛开的季节，清照所居住的府邸篱外，便是一簇簇盛放的菊花。清冷的深秋阳光照耀在金色的菊花上，更显得那花瓣光彩夺目。清照不禁有些自嘲，如此伤怀，岂不是辜负了菊花渲染的秋光？不如学学陶渊明，采菊东篱下，再对着菊花饮一杯好酒，活得自在随意一些吧。

一片盛放的菊花，令清照的心境豁然开朗。她原本打算借酒浇愁，却因菊花而变得心境达观起来。乡愁依然萦绕心头，清照却想开了一些。

泪水，是脆弱的结晶。清照已经不屑于流泪，心中却有一种汹涌的情感澎湃着。江南虽好，却不是她的故乡；南宋犹存，却不是完整的大宋。然而，清照却不愿放弃复国的希望，唯有这一丝希望能够点亮她的夜空。

若是朝中每一个官员都如清照这般内心坚忍，也许国家便不会走到此时的境地。心中的希望没有泯灭清照的恨意，唯有这样的恨，才让她的一颗有志之心不会消减。也许，这注定是一场漫长的挣扎，但清照相信，只要耐得住严寒，春日的暖阳总有一日会爬上琐窗。

燃烧于心的希望火种

虫儿化蛹，是为了等待一场重生。只要活着，便会有无尽的希望。看过了太多失望，清照依然愿意心存期待，纵然现实苍白而又无情，她却偏偏不愿扑灭心头那希望的火种。

建炎三年（1129），清照四十五岁。这早已是个不再年轻的年纪，人到中年的她，心境变得更加苍凉沉郁。她的词句中，再也不复当年的清新，国破家亡、奸人当道的政局，让她只能体会到忧郁愁苦。

与成千上万的南宋百姓一样，清照多么希望朝廷能一举夺回中原。这是一个注定难以达成的心愿，无法为朝廷效力的清照，只好在闲居之时继续整理明诚撰写的《金石录》。北宋文学家欧阳修在金石方面也有颇多造诣，可以说，是他开辟了金石这一门学问。他将周代至隋唐的上千件金石器物、铭文碑刻进行编辑整理，撰写成十卷四百多篇的《集古录》。这是中国最早的一部金石学著作，清照在整理《金石录》时，偶尔也会翻阅一下《集古录》作为参照。

欧阳修不仅在金石学方面造诣颇深，在文学方面更是大有成就。尤其是在清照最擅长的词作方面，欧阳修可谓是开创风气的一代文宗，对词作进行了诸多革新。他的词中，总是能表达出自己的人生体验与潇洒的心态，这种乐观的态度，也对清照有着无形中的影响。

清照忽然想到，欧阳修曾作过一阕《蝶恋花》，其中包含"深深深几许"的一句是她的最爱。为此，她也曾作了数阕词，其中都含有"庭院深深"几字。这一日灵感袭来，一首新词便落笔而成。

临江仙

欧阳公作《蝶恋花》，有"深深深几许"之句，予酷爱之。用其语作"庭院深深"数阕，其声即旧《临江仙》也。

庭院深深深几许？云窗雾阁常扃。柳梢梅萼渐分明。春归秣陵树，人老建康城。

感月吟风多少事，如今老去无成。谁怜憔悴更凋零。试灯无意思，踏雪没心情。

写下这首词时，正值建炎三年（1129）元月。此时正是春回大地之时，清照却深居庭院之中，懒得外出。来到建康的这一年多以来，她总是心生一种飘零之感。远离故乡之人，就像无根的浮萍，随波逐流，永远也找寻不到内心的安定。

开篇的一连三个"深"字，既是在效仿欧阳修的旧作，也是清照在渲染自己的国恨之情。每写下一个"深"字，这恨意便加重了几分。她的房间位于庭院中的高处，若是开窗，便能欣赏到云雾缭绕之美景。可是，清照的窗子，却总是闩上的。因为忧愤，她已将自己关闭在庭院之中，不愿见到外面的景象。

那些令清照不愿见到的景色，便是柳梢吐绿、梅萼泛青，这本是春回大地、万物复苏之景，清照却不再因春日的到来而欣喜，反而心生悲戚。

从前的她，只是伤春惜春，如今为何又变得怕见春光？只因那些复苏的春景，皆是全新的生命，而清照却在异乡建康兀自老去。青春不再，容颜老去，多么令人悲恸的现实。更何况，这里只是他乡，并不是故乡。清照不知自己的年华还有多久，难道余生便只能留在这里，直到客死异乡？

曾经，她与明诚是那样恩爱，两人都是有涵养之人，无论是兴趣还是生活方式，都有相同之处。明诚爱金石，清照也喜欢收藏；清照爱诗词，明诚也喜欢藏书。多少次，他们烹茶煮酒，一同赏玩藏品，一同吟诗作词。那样的幸福，令人沉醉。如今，客在他乡的两个人，却再也找不回那种"感风吟月"的兴致了。

清照感叹自己已经年老，却一事无成。其实，她所谓的"无成"，并非是指事业，而是指诗词。她已经许久没有创作出令自己满意的诗词了，有时候，甚至连写词的兴致都丧失了。多少次，她研好墨汁，蘸饱狼毫，却一个字也写不出来。

国家凋零，山河破碎，这等败局无人可以挽救。清照自己更是流落江南，姿容憔悴。在外人看来，她是知府夫人，享受着荣华富贵，过着衣食无忧的生活。唯有清照自己知道，她的一颗心，已经因为国家的败落而憔悴不堪。

一个"更"字，将清照的憔悴之心渲染得更甚。元宵佳节将至，每年此时，举国上下都要挂满花灯，举办灯会。那里总是最热闹的地方，人们熙来攘往，庆祝着佳节的到来。然而，清照又哪里有赏灯之心？国家尚不完整，怎么会有真正的快乐？

"正月十五雪打灯"，若是换做从前，清照就算不去赏灯，也会出门踏雪。此刻，对于这两件事，她全然没有心情。再美的春光，再欢快的节日，都令清照感到心灰意冷。她的美好，已经全部停留在从前，停留在青州。那时的她，青春正好，纵然也有闺怨，不过是受到小事影响。此时，整个国家都处于动荡之中，清照的心，真的倦了。

最后几场冬雪过后，后亭中的梅花又顶着霜雪盛开了。梅花是春的使者，带来春的希望。只要见到梅花，清照便会心情大好。从前在闺阁之中，她的咏梅词总是带着些许悲苦之意。如今行走于国破边缘，清照的词中却再也不见一丝悲苦。

殢人娇

玉瘦香浓，檀深雪散。今年恨、探梅又晚。江楼楚馆，云闲水远。清昼永，凭栏翠帘低卷。

坐上客来，尊前酒满。歌声共、水流云断。南枝可插，更须频剪。莫直待西楼、数声羌管。

由古至今，梅花因其坚贞耐寒，被誉为国花。许多文人墨客，对梅花偏爱至极，清照亦是如此。清瘦的梅花，只有五片单薄的花瓣，更显梅花的清秀飘逸之姿。它的清瘦，也是其高贵所在，尤其是含苞待放的梅苞，比盛放之后的梅花更多了几分韵味。

梅花有白也有红，清照在后亭中所见的梅花，便有着玉般的洁白色泽。只可惜，今年赏梅，她来得有些晚，错过了梅花含苞待放的美好，又因为冰雪消融，没有见到雪压梅枝的美景，不免让她有些心生遗憾。

不过，盛放的梅花也有盛放的好处，花蕊处散发出浓郁袭人的香气，也算是让清照聊以安慰了。

在江宁，有明诚与清照的府邸，可这里不是故乡，纵然府邸奢华，清照依然有寄居别处之感。一句"江楼楚馆"便暴露了她的心境，词中的"楚"字，原本是指春秋战国时期的楚地，到后来，也被用来泛指江南。

清照所存身的地方，就位于长江之滨，那里矗立着无数亭台楼阁，里面遍植梅花，也就成了赏梅的好去处。她已经许久没有这样恬淡的心情，碧蓝的天空上，几朵白云闲散地飘浮着，脚下的江水泛着碧波，一眼望不到尽头。一切都是岁月静好的模样，若南宋真的能夺回那另外半壁江山，便真的是美好至极了。

白昼依然是那样漫长，如同永远也过不完一般。阵阵梅香，令清照沉醉，她索性暂时放下心头的烦恼，手倚着栏杆纵目四望。栏杆旁边，有翠绿色的帘幕低垂着，因为心境放松，清照的指尖也在不知不觉中拨弄着那帘幕，随着帘幕的摆动，阳光在帘幕上投下的阴影也让清照的脸庞忽明忽暗。

其实，清照又哪里真的像自己所说的那般安闲？若是真的内心平静无波，又会为何嫌这白昼仿佛永远都过不完？她的心头还是惆怅的，下半阕词句，便将她的惆怅暴露无遗。

三国时期的孔融，既爱结交好友，又善饮美酒。他常常感叹："座上客常满，樽中酒不空，吾无忧矣。"清照眼前，正是这样一番"坐上客来，樽前酒满"之景。可见，这一次赏梅，并非是清照独自前来。也许是明诚与朝中官员的应酬，携家眷而来；也许是明诚和清照与共同的知己好友，举办一场赏梅饮酒的雅致聚会。

总之，宴席之间，是觥筹交错、开怀畅饮的景象。酒兴浓时，大家又一同对花高歌，有唱有和的歌声，充斥于天地之间。白云因这歌声而流动，流水也被这嘹亮的歌声阻断。

随着歌声渐渐停歇，清照仿佛一下子从刚才的欢乐中抽离了出来，一种欢快过后的伤感袭上心头。她的一颗心依然牵系在梅花身上，于是，她忍不住再一次置身于花丛当中。南边向阳枝头的梅花开得最好，令清照爱不释手。这样的花，要在它尚未开残的时候便剪下来，无论摆在房间中插瓶，还是簪在鬓边添妆，都是最好的。只有这样，才能将梅花的清秀之姿多留一段时日，若是等到花儿凋残，零落成泥时，便只剩美好消逝的叹惋了。

正在出神之时，西楼之上已经传来阵阵羌笛吹奏的《梅花落》。凄凉的乐声，代表着酒宴已经到了将散之时。再欢乐的团聚，也终究还是有分别的时刻。人生得意须尽欢，若是等到愁绪翻涌，再去后悔当初没能尽享欢乐，便一切都来不及了。

诉衷情·枕畔闻残梅喷香

夜来沉醉卸妆迟，梅萼插残枝。酒醒熏破春睡，梦远不成归。

人悄悄，月依依，翠帘垂。更挼残蕊，更捻余香，更得些时。

白日里的宴饮，令清照有些醉了。因为心情变得不好，她便不知不觉多喝了几杯。回到家中，阵阵困意袭来，她尚未来得及卸妆，便一阵倦怠袭来，倒头沉沉睡去。睡眠的确是解酒的良方，清照不知自己睡了多久，只觉得这一觉异常香甜。也许是酒意渐消，一切感官都恢复如常。

一阵浓烈的梅花香气，将她从睡梦中熏醒。那是一个十分美好的梦，在梦中，清照回到了久别的故乡。可惜，当醒来后，眼前依然是建康的景象，她终于清醒过来，自己距离故乡已经那样遥远，如何还能轻易回去呢？

她睁着蒙眬的睡眼，想要寻找梅香的源头，终于看见桌子上的花瓶里，还插着几枝残梅。花瓣几乎已经掉落，只剩梅萼还悬挂在枝头。那是她白天赏梅时剪下来的梅枝，想要将它们插在房中装点，却不想凋落得这样快。

清照下意识地轻抚了一下自己的发髻，指尖又触到一朵梅花。那是她赏花时摘下来簪在鬓边的，因为没有卸妆，便带着它一同入睡。想必刚刚将自己熏醒的香味就是这朵梅花散发出来的。她有些埋怨这梅香太重，打断了自己的美梦。可是怪这梅花又有何用？故乡依然遥远，清照只剩怅然若失。

李清照词传 | 193

此刻的故乡，已经被金人占据，纵然回去，恐怕也无法与亲人团聚。梦，是清照唯一能重回故乡的方式，这样的梦被打断，让清照怎能不遗憾。

梦醒之后，便再无睡意。此刻的清照，有些百无聊赖。她身处孤寂的环境之中，明诚此刻想必正在姜室的房中安眠。房间中是那样静，静得能听到自己呼吸的声音。她轻轻走向床边，推开窗子，初春的冷风瞬间灌满室内，清照不禁打了一个寒战，变得更加清醒了。

此刻天未放亮，月亮还依依不舍地停留在天际，一抹月影投射在房间里低垂的翠帘之上，更显沉寂。月光照耀出清照内心的清冷，她将鬓边的梅花轻轻摘下，毫无意识地放在手中把玩。由这残梅，清照联想到自己眼下的处境。娇弱的梅花惹人怜惜，青春老去的女子却再无人关注。梅花被人摘下枝头，便是离了自己的母体；人被迫颠沛流离，从此再难回故乡。

她摘下一片花瓣，在指尖轻轻揉搓着，这个动作让花瓣散发出更加浓郁的香气。清照将指尖凑向鼻尖，用力地嗅着指尖残留的香气，静静地发着呆，想要将这长夜消磨过去。

一连三个"更"字交替出现，将清照的百无聊赖之情渲染得更加韵味无穷。整阕词中，清照没有提到一个"愁"字，却分明让人感受到她挥之不散的愁绪。

最后一抹冬日的寒冷，在不紧不慢地走着。春风并没有带来些许的暖意，反而吹来了阵阵失落。靠在窗前，清照不顾寒冷的夜风侵袭，她静静地品味着自己的寂寞。心中的一切思绪，都在她的脸上呈现出倒影，忽明忽暗，却再也找不回昔日的明媚。她不知何时这般落寞之情才会消散不见。她只得将思绪抛入风中，越飞越远，让它带着自己的思念，飞回久别的故乡。

生当作人杰　死亦为鬼雄

　　缱绻红尘，多少梦回从前，贪恋地想要留住过往。然而忧思太甚，一梦醒来，便已到了如今。北宋的繁花，早已是散去的烟花，南宋的现状，不过是一派虚假的繁荣。清照轻轻地掬起一捧清欢，妥帖地收入心底。多年后再重新把玩，已只剩满腔波澜。

　　南宋朝廷，只剩一群苟且偷生之辈。宋高宗一心贪图眼前的安逸，不断对金人妥协退让。他的身边，围绕着一众奸臣，唯一的忠臣李纲，因是主战派，在朝廷中受到所有主和派的打压。

　　百姓的生死存亡，仿佛与皇帝和大臣们无关，他们反而将百姓当作搜刮的对象，凭借着手中的兵权压榨百姓，为自己谋利。这样的朝廷，如何能够恢复国家的完整？清照看着这一切，心生无力之感。她不知道自己还能做些什么，更不知是否有朝一日，就连自己都无法自保。

　　如今，清照生活中仅剩的美好，已经全部承载于梦中。只有在梦中回到从前，她才能获得些许的快乐。只要从梦中醒来，眼前便又是黑暗的现实。于是，她宁可长睡不起，乘着梦回到无忧无虑的年华。

菩萨蛮

归鸿声断残云碧，背窗雪落炉烟直。烛底凤钗明，
钗头人胜轻。

角声催晓漏，曙色回牛斗。春意看花难，西风留旧
寒。

建炎三年（1129）正月初七，春日又在不知不觉中回归
大地。从天上飞过的北归大雁，清照便知又到了万物生发的
季节。碧空中布着丝丝残云，大雁成行，不时地发出声声鸣
叫。这声音听来，令清照只觉断肠。

春日将来，冬日未走，窗子外面又飘起了纷纷扬扬的雪
花，房中炉子里的烟直直地冒着，清照盯着那炉烟出神：冬
季即将过去，国家的寒冬又何时才是尽头呢？

按照习俗，正月初七这一天是传说中的"人日"。家家户
户都要以七种菜为羹，还要将彩纸或是金箔剪成人的形状，
贴在屏风之上，若是女子，也可以戴在鬓边。清照的头上，
便戴着这样一只凤钗，上面装饰着极轻巧的人物形状。天色
渐渐暗了下去，清照点燃一支蜡烛，在烛火的映衬下，她头
上的凤钗显得异常明亮。纵然因"人日"而刻意装扮了一番，
可再浓的妆，也掩饰不住清照内心的惆怅。

她听说，金人并没有因为宋高宗南逃而轻易放过他，他
们已经开始向江南发兵，夜深人静之时，清照仿佛能听见角
声阵阵。那是在军队中使用的乐器，难道说金人的部队离建

康已经不远了？

为国事而担忧，清照根本无心睡眠。耳畔角声犹在，滴漏分明提醒着她已经到了黎明时分。又是一个无眠的夜晚，清照从窗口向外望去，曙光已经照亮了牛宿和斗宿两个星宿，看来真的是天将破晓了。

只要春日一到，迎春花便迫不及待地绽放。不知不觉，天光已经大亮。清照有心去外面赏一赏迎春花，可转念一想，以今日这般冷的天气，西风一阵紧过一阵，恐怕花还未赏尽兴，人便已经冻病了。更何况，这般恶劣的天气，迎春花也一定能感受到春寒的威胁，说不定根本没有心思绽放。

是啊，国破家亡，一派萧瑟，百花如何开放？偏安一隅的南宋王朝，又哪里有一日安稳过？

这样想着，清照更觉百无聊赖。如此这般凄清冷落的环境，窗外的雪还纷纷扬扬下个不停，清照怅然若失地继续发呆，空气仿佛都在这一刻静止了下来。

自从来到建康，清照几乎没有睡过一夜好觉。这样熬下去，纵然壮年男子也难免憔悴，何况清照已经年过四十，更是禁不住失眠的折磨。唯有借助酒意，清照才能勉强睡去，酒饮得越多，便越是睡得香甜。

菩萨蛮

风柔日薄春犹早，夹衫乍著心情好。睡起觉微寒，梅花鬓上残。

故乡何处是，忘了除非醉。沉水卧时烧，香消酒未消。

又是一个借助酒意才能睡去的夜晚，这一晚，清照睡得很好，也许是因为睡足了觉，清晨起来便觉得心情大好。外面的天气也照顾着清照的心情，风和日丽，和煦的春日暖阳照在身上，晒得清照身上暖暖的。她换去厚厚的冬装，穿上一件春日的夹衫，觉得周身都轻快了许多。

　　外面的天气，还带着初春的微微寒意，仿佛是在提醒清照，寒冬尚未完全过去。微风吹乱了她的发丝，她下意识地抬手轻轻整理鬓边，发现那里还插着一朵梅花。那是昨夜饮酒时，心绪微微舒缓后插上去的，借着酒意睡去时也忘了摘下。清照将梅花摘下，发现那花已经残破了。良辰美景，鬓边残花，一边美好，一边凋零。清照的心绪不由得复杂而又纠葛了起来。

　　这种纠结的心境令清照刚刚大好的心情变得忧愁了起来，她又有些想家，浓浓的乡愁从未散去，可家已经成为回不去的远方。如果不能回到故乡，究竟哪里才能称得上是自己的家呢？清照的心中在呐喊着，这呐喊凝聚了她的血与泪。可惜，她的悲情无人可以讲述，明诚本应是最懂得她的人，可他终日忙于政务，并且在知府的官位上坐得不亦乐乎，根本无法去理解清照的愁绪。

　　如今，想要忘却忧愁，只能借助杯中的酒了。一种浓浓的不安之情，一直缭绕在清照心头。她忽然想起，昨夜临睡之前，自己在香炉中点燃了一支沉水香，此刻，那香早已经燃尽，香炉已经冰冷，不再冒出袅袅香烟。房中已经没有了沉水香的气息，香味早已散尽了，可清照的酒意却尚未完全消散。

短短一阕小词，却一半是喜，一半是悲。温暖的春日，本应是尽情领略大好春光的时节，可一想到自己有家难回，山河破碎，眼前的一切美好，都成了勾起愁肠的因素。这春日越是明媚，思乡之情便越是浓烈，那是怎样一种欲说还休的惆怅，从清照的心底强烈地奔涌出来。

她将自己的愁绪说得那样漫不经心，只短短流露了一些，便戛然而止。这更让人心疼这个敏感而又坚强的女子，无论她内心经历着怎样的跌宕起伏，表面上依然保持着一如既往的波澜不惊。

清照早已经学会了隐忍，她的一切情绪都只能说给自己听。家国之难，令她悲愤，这是民族的存亡大事，可明诚却并不能体会她的情怀。

也许，清照那一晚听到的角声是真实的，因为就在建炎三年（1129）二月，金兵便开始了向南侵略的步伐。他们先是攻下了徐州，紧接着，扬州也几乎成了他们的囊中之物。

当金兵攻打到城下的时候，宋高宗还在宫中风流快活着。当得知皇宫即将被攻破，他惊慌失措地只带了几个随从便匆匆逃离扬州，经镇江去往杭州。朝中大事，他一句都没来得及交代，来不及逃走的大臣们一时间慌了手脚，朝廷的士兵无人率领，也纷纷忙着逃命。

最悲惨的莫过于百姓，他们还没弄明白发生了什么，只看到越来越多的人忙着向城外跑，于是便纷纷加入其中逃命。太多的生命，丧失于同胞们慌不择路的冲撞之下，整个扬州城彻底陷入了一片混乱。

很快，扬州彻底被金兵占领了。他们先是在城中大肆烧杀抢掠一番，紧接着便派出精兵追捕扬州难民。许多来不及逃走的难民，滞留在江边，许多人因惊慌失措慌不择路，最终溺毙于江中。

此时的扬州城，再也不见昔日的歌舞升平，城中血流成河，许多房屋都在金兵劫掠之后一把火烧为灰烬。这样人间炼狱般的惨状，足足持续了半月之久，清照与明诚也是在此时匆忙逃往别处。

明诚之前偏安一隅的偷生，已经令清照气愤，没想到这一次逃亡，明诚竟然做出了令清照不齿的事情。那一日，御营统治官王亦发动了兵变，他将军队驻扎在建康，约定在夜里纵火作为起兵的信号。这一消息被明诚知道了，就在不久之前，他刚刚收到了调往湖州为知州的调令，原本还不急着动身，得知这一消息之后，明诚弃建康的百姓于不顾，认为自己已经不再是建康知府，没有布置任何防御措施，就准备逃离此地。

明诚得到的信息果然不假，王亦的确在那一晚发起了兵变。好在，江东转运副使李谟的手下将叛军击败，这才保住了建康百姓的安全。

而身为建康知府的明诚，却在兵变的那一晚从后城墙上吊下一根绳子，与通判毋丘绛和观察推官汤允恭攀绳而逃，甚至都没有带上自己的结发妻子清照。得知明诚的所作所为，建康城中的百姓唾弃不已，清照与明诚的夫妻之情，也在那一日消散殆尽。

明诚的所作所为，让他彻底丢掉了自己的官职。不仅无缘湖州知州，就连曾经的建康知府也被罢免。

建炎三年（1129）三月，明诚携带家眷离开了建康。若说清照在之前还觉得无处是家，那么从今以后，就真的要过上颠沛流离的生活了。

青州已经没有他们的容身之地，他们只得先乘船去往安徽芜湖，之后再去往姑孰，最后定居于江西赣江之滨。途中，他们经过乌江，那里是昔日西楚霸王项羽自刎的地方。想起这位人们心目中的豪杰，再看看身边只顾自己逃生的明诚，清照顿时心生蔑视之情，一首《夏日绝句》便在此时诞生：

夏日绝句

生当作人杰，死亦为鬼雄。

至今思项羽，不肯过江东。

所谓"人杰"，便是人中的豪杰。汉高祖刘邦曾经称赞开国功臣张良、萧何、韩信是"人杰"，清照虽身为女子，但只要活着一天，她便愿做这样的人物，而不愿像明诚那样，弃全城百姓于不顾，以如此狼狈的姿态独自逃亡。

即便是死了，清照也要做鬼中的英雄，宁愿像爱国诗人屈原那样怀抱巨石投入汨罗江，也不愿因为苟且偷生而遭世人唾骂。

当年，西楚霸王项羽与刘邦争夺天下，最终在垓下之战中兵败。他不愿退回江东苟且偷生，便在乌江边持剑自刎。直到如今，人们还在因为项羽当年行为而怀念他。

这首诗吟诵出口，足以令明诚寒透脊背。清照的声音还是那样轻柔，可吟诵出的每一个字，却仿佛有千钧之力，直砸在明诚的胸口。对于自己的妻子，明诚又敬又怕，他敬的是这样一名弱女子，竟能有如此气魄；怕的是，从今以后在清照眼中，他已经变得那样渺小。

一路上，清照都不愿与明诚对视。她心中的那个意气风发的翩翩少年，已经彻底死去。她又何尝不是在借这首诗讽刺无所作为的南宋当朝，他们是那样懦弱昏庸，清照虽是他们最瞧不起的小小女子，但此刻的形象却比他们高大许多。

这首《夏日绝句》，没有一个慷慨激昂的字眼，却让人深深地体会到这位闺阁女子骨子里的豪情。她对自己的国家有着挚爱之情，若是能有机会为复国助力，清照定会毫不犹豫地投身其中。

只可惜，礼教的制约，让那个时候的女子终究报国无门，她唯有借助自己的才情，从精神上唾弃那些明明可以有所作为，却偏偏安心偷生之辈。

若是还有来生，清照也许选择不再做一名文弱女子，也许，她想要做一个项羽那般的真豪杰，不必忍受礼教的束缚，纵横驰骋，闯出一片属于自己的天下。

站立于船头，清照的眼中迸发出悲愤的火焰。一段缠绵悱恻的爱情，就此画上了终点。他们不再是郎情妾意的一对璧人，对于丈夫，清照也已经不再将他当作此生的知己。

第七章

孤雁　肠断与谁同倚

黄泉路上的召唤

　　有些错，一旦犯过，便只剩再也无法挽回的遗憾。若相爱是缘，为何要有一次又一次的错过？错过的一眼凝视，错过的一句安慰，错过的一次弥补，错过的后半生……

　　若是能够提前预知生死，也许清照不会对明诚怨得那么深。她以为，余生很长，也许离开了官场是非，明诚还会重新变回那个单纯的少年郎，可惜，她与他的相遇，注定是一场红尘劫。她眼睁睁地看着他被世俗玷污，又不得不遗憾地目送着他离去。

　　余生，她注定在尘世中孤独起舞，纵然舞姿翩跹，却无法掩盖苍白的心绪。

　　因为明诚，清照尝到过情伤的滋味，即便怨他、恨他，清照却从未想过，两人此生的缘分竟然如此短暂。一朝分别，从此阴阳相隔。

　　就在清照与明诚离开建康之前，他们还一同度过了三月初三，从魏晋时起，这一天便被定为"上巳节"。传说三月初三是黄帝的诞辰，清照自幼便听过"二月二，龙抬头；三月三，生轩辕"的说法。轩辕，便是黄帝，每到上巳节，中原百姓都要到郊外游春，去水边饮宴。

《论语》中曾经记载："暮春者，春服既成，冠者五六人，童子六七人，浴乎沂，风乎舞雩，咏而归。"说的便是上巳节这一日的情形。王羲之也曾在《兰亭集序》中记载了一群文人雅士祓禊的活动："暮春之出，会于会稽山阴之兰亭，修禊事也。"所谓祓禊，就是在水边举行祭礼，也叫"除恶之祭"。

每年上巳节，清照都会用兰草点水洗身，用柳条蘸水点头，蘸花瓣之水祈福。古人认为香气袭人的兰草是一种灵物，因此每到祭神或是祭祀之前，都必定要以兰汤沐浴，认为这样可以洗涤污秽，祓除不祥。

女子也大多会在上巳节这一日祈求生育，传说生育之神简狄便是在祓禊之后生下了商部族的祖先契。清照也曾无数次默默祈祷，自己与明诚能育有一子半女，这既是一种生命的延续，也是对清照寂寥生活的安慰。

可惜，成婚多年，清照终究还是没能怀孕，这是清照此生最大的遗憾。也许他们若是育有儿女，明诚的身边便不会出现妾室与歌妓了吧。

祭祀过后，清照与明诚还会到户外踏青，去水边宴饮。自从明诚做官之后，这一日便不再属于他们二人，每一次都要与朝中同僚一同宴饮，沟通感情。

蝶恋花·上巳召亲族

永夜恹恹欢意少。空梦长安，认取长安道。为报今年春色好，花光月影宜相照。

随意杯盘虽草草。酒美梅酸，恰称人怀抱。醉里插花花莫笑，可怜春似人将老。

这是清照在上巳节宴饮之后写下的一阕词，自从国破南渡之后，清照几乎没有一日是发自心底的高兴过。即便是上巳节宴饮，也不过是陪伴明诚，替他在同僚中撑撑场面而已。清照做不来那些曲意逢迎与强颜欢笑，每到此时，她总是在席上默默地饮酒，借助酒意舒缓心中的不畅。

即便是在这样一个节日里，清照还是高兴不起来。这是一场夜宴，清照却提不起精神，有些恹恹的。她不明白，这些人为何如此满足于半壁江山的现状，山河破碎之下，还能开怀畅饮，觥筹交错之间，他们可还有一刻会去为国事忧虑？可否还会想起金人的铁蹄即将踏上江南的土地？

对这些人，清照是何等失望。可是，她又是何等无奈。多少个夜里辗转反侧，她都梦到了汴京的宫阙与城池，可惜，那里已经被金人占据，每当梦醒，徒留惆怅。

今年的春色，的确格外的好，只可惜，政局的变化却一日不如一日。月影幽幽，在花儿身上投射出朦胧的光晕，那些春日的花朵仿佛是为了报答今年这样好的春日，盛开得格外娇艳。可是，在清照眼中，如此美好的花月相映之景，也等同于虚无。

好在，此刻的清照还有美酒相伴。这并不是一场丰盛的宴席，与官场中人平日里所出席的宴席相比，今夜的酒宴显得有些简单了。不过这正合清照的心意，再好的珍馐美馔，她也无心去品尝，不如这简单的几样酒菜更令她释怀。

不仅如此，席间的小菜也很合清照的胃口，用来调味的梅子足够酸，正适合下酒。这浓浓的酸意，也像极了国家沦丧之后清照的心情。

借酒抒怀，清照不知不觉多饮了几杯。借着微醺的酒意，她摘下一朵花儿插在鬓边，嘴里还喃喃自语着些什么。想必，她是希望花儿不要笑话她，一把年纪还在鬓边插花。她告诉花儿，这是因为自己感叹春日即将过去，就像她这个人一样，就快衰老了。

那日宴饮之后不久，清照与明诚便举家迁离建康。历经三个月的颠簸，才终于到达池阳。他们本打算在此地稍作休整之后，再继续上路，没想到，刚刚被朝廷罢免官职的明诚，竟然得到了朝廷的重新起用。

朝廷任命给明诚的官职，依然是湖州知州，清照没料到私自出逃的明诚竟然能再次为官，但一想到宋高宗也是趁乱逃离南宋都城，便也想通了其中的原委。

再次受到重用，明诚大喜过望。他以为自己的余生都要过着颠沛流离的生活，这次复职，简直被明诚看作是上天的恩赐。他不愿继续在原地停留，只收拾了几件最简单的行李，便匆匆告别清照，返回建康去面见宋高宗，之后便赶往湖州赴任。

明诚觉得此刻带着清照一同上路有些不便，他的心已经飞到了建康城，无法容忍一刻的耽搁。于是，他将清照留在池阳暂时安顿，并约定待他面圣之后，就接她一同去往湖州。

明诚走得那样欢快，留下来的清照却时刻都在忐忑中度过。池阳是一处陌生的地方，人地两生，清照几乎找不到一处安全的容身之所。更何况，离开建康时，那些珍贵的藏品都被他们带在身边，此刻只留清照一人看管，万一遇到盗匪或是战乱，她如何能保住这些藏品安然无恙？

明诚出发那一日，是建炎三年（1129）六月十三日，清照将他送到岸边，她眼中的明诚，穿着一身布衣夏装，头上扎着纶巾，精气神十足，眼中散发着抖擞的光芒。清照与他挥手告别，心中却总有一种不好的预感。明诚乘坐的小船缓缓驶离岸边，清照好像突然想起了什么，对着明诚的方向大喊："若是池阳城失陷，我该怎么办？"明诚的声音从船上喊回来："若是事有紧急，你便跟着逃难的人群一起逃走吧。若是迫不得已，就将沉重的包裹舍弃掉，若还是不行，便将衣物和被褥舍弃掉。若是万不得已，再舍弃一些书籍画卷。那些古董器物，唯有保命时才可以舍弃，但那些宗室灵牌礼器是万万不能舍弃的，你必须要与之共存亡。"

这是明诚留给清照最后的话语，他那一日的形象，也成为在清照眼中最后的定格。清照与明诚都未承想，这会是他们的最后一面，他将清照独自抛离于战乱中的人世，自己去往了另一个世界。

明诚走后不足一个月，清照便接到了他寄来的一封家书。他在家书中告诉清照，此前因为四处奔命，已经身心俱疲，这一次又匆忙赶回建康，一路上车马劳顿，酷暑难挨，强打着精神赶到建康，却不幸染上了疟疾。

薄薄的书信，仿佛有千钧的重量，坠得清照的心如同跌落谷底。她来不及过多思索，便匆匆朝着建康的方向赶去。水路是最快的方式，她昼夜不停，只为能早一点儿见到明诚，好好地照顾他。

当清照终于赶到建康，她眼前的明诚与离去时的形象已经判若两人。明诚被疟疾折磨得几乎没了人形，为了治疗疟疾，他服用了大量寒性药物，引发了痢疾。几种疾病同时发作，明诚已经命悬一线。大夫说，明诚几乎已经没有痊愈的希望。清照不明白，成婚那一日，两人明明说好要相携白首，为何他却偏偏要先行一步。

明诚终究与湖州知州的官职无缘，八月十八日，四十九岁的明诚咽下最后一口气，离清照而去。清照的眼中只剩愕然，在明诚离去的那一刻，她对他曾经的怨与恨统统荡然无存。二十八年的夫妻，情分何其深重，迷蒙的泪眼之下，只剩一具枯瘦的躯壳。

恍惚间，那赌书泼茶的欢愉仿佛就在昨日，梧桐树下，他们曾共捧一部书卷，并头研读。欢声笑语，犹在耳畔，纵然他有太多不完美，却已经成为她生命中的唯一。

余生，若想再见，便只能是在梦中。那梦太过美好，清照怎舍得从中醒来？她似乎已经习惯了等待，这一生，她有太多的时光都是在等待与明诚团聚中度过的。余生，她更要忍受漫长的等待，等待到另一个世界，再与他重逢。

添字丑奴儿·芭蕉

窗前谁种芭蕉树，阴满中庭。阴满中庭，叶叶心心，舒卷有馀清。

伤心枕上三更雨，点滴霖霪。点滴霖霪，愁损北人，不惯起来听。

最爱的人，已化作一座孤坟。那些无法抹去的回忆，只得在心中一点一点堆积，曾经憧憬的幸福，最终变成现实中的伤痛。

从前，清照也曾无数次一人独眠，但却不似现在这般孤寂。那时候，她总还心存一份期望，纵然明诚不在身边，也总有团聚的那一日。如今，明诚再也不会回来，清照的枕畔，再也不会出现那个熟悉的身影。

不知是谁种下的芭蕉树，此刻在庭院中投下浓厚的阴影。那阴影扰得清照心烦意乱，她有些埋怨，想要问问究竟是谁将这些芭蕉树种在庭院中，才要开口，却发现无人可问，更无人会回答。

在清照的故乡，是没有这种叶片厚大的植物的。南方的一切都让她至今无法习惯，芭蕉树的叶片长而卷，一片片，一层层不断地向外舒展着。那宽大的芭蕉叶仿佛巨大的手掌，一张张铺满庭院。若是在从前，清照定会认为芭蕉点缀出一派清幽之景，可如今，有家难回，明诚新丧，再美的景色清照也无心欣赏。

一连两个"阴满中庭"，足以见得清照心中的烦闷。"叶叶"与"心心"两个叠字，更令人深感清照对如此烦乱之景的应接不暇。那舒展的芭蕉叶，卷曲的叶心，揉捏着清照的满腔愁情。她盯着那些芭蕉叶看了许久，嫩黄泛着浅绿的叶心，也包裹了她对明诚绵绵不尽的思念。

她思念明诚，也思念远方的家乡，心中的愁思无法纾解，心绪也变得越发烦乱起来。

江南已经成为清照的伤心地，睡眠对于她来说已经成为一件奢侈的事情。夜半三更，清照正在床上辗转反侧，愁不成眠，外面偏偏又下起了雨。接连不断的雨声，不知何时才能停止。南国的雨滴不断地敲打清照的窗棂，令她这个北方人烦乱不堪，如同一下下敲击在她的心上。清照实在忍受不了，索性披上衣衫，从床上起来。然而，内心的愁绪，又何止是披衣起床便能排解掉的？

那个令她深爱了一生的人，此生都无法从心底里划掉。他离开了她的世界，终有一天，他的故事会在世人心中渐渐模糊。可是，有一个人却永远都无法将他遗忘，他在她的世界中路过一程，却足以被她铭记一生。

余生情丝系偶成

眼角一滴冰凉，是岁月沧桑留下的离殇。秋风瑟瑟，吹起了心底的褶皱，一颗碧玉般的心，也难抵凡尘俗世的揉搓。最美的年华已经过去，最美的回忆也只能留在梦里。有多久，嘴角没有漾起一丝浅笑？余生岁月，也许再也无法编织情丝。

偶 成

十五年前花月底，相从曾赋赏花诗。

今看花月浑相似，安得情怀似往时。

清照回忆的，正是她与明诚在青州屏居的那段岁月。古人心中，最美好的爱情，莫过于花前月下，举案齐眉。这便是清照与明诚的曾经，他们志趣相投，心意相通，共同赏玩金石，共同收藏书卷，共同品评古物藏品。

每当清照作出一首好的诗或词，明诚总是她的第一个读者。他看着清照的眼神，带着欣赏与爱意，他就是爱她的才气与聪慧，爱她与那些庸脂俗粉不同的气质。

有时，两人也会相携赏花，再一同对花饮酒，作几首赏花诗。当年的他们还是一对年轻的夫妻，如同神仙眷侣般将日子过得那样美满，也许这才是爱情应该有的样子。他们二人也总是在才华上彼此较劲儿，两人总要将各自作的诗词拿出来比较一番，明诚总是不得不承认，清照的才情的确比自己更胜一筹。

如果日子一直如这般继续，也许之后的一切变故便皆不会发生。可惜，世上哪有"如果"，一切因果，早已注定。

是啊，一个"曾"字，道出了这一切的美好都成为过去。那个曾经与她志趣相投的明诚，再也不会回到人世，一切的花前月下，赏花赋诗，不知他是否带去了另一个世界，慢慢去回忆这份甜蜜。

"年年岁岁花相似，岁岁年年人不同"，这是唐代诗人刘希夷在《代悲白头翁》中所写的两句诗，说的是红颜短促，人生易老。清照的"今看花月浑相似，安得情怀似往时"却是在怀念故人。手法相似，心思却完全不同。

今日的清照，便是一名赏花人。因为赏花，才勾起与明诚相携赏花赋诗的过往。今日眼中所见的花儿，与当年与明诚一同观赏的花儿浑然相似，可是，为何此时的心情却再也不似往日？物是人非，斗转星移，丧夫之痛，令清照孤苦落寞，不由得感叹物是人非。

秋花秋月，泛滥着清照的哀伤。韶华易逝，生命短暂，都说回忆是变老的标志，在清照看来，回忆又何尝不是最痛苦的煎熬。心里的痛，唯有她自己知晓，诗与词，成为她唯一的排解，此生，这份痛苦，恐怕再也逃脱不掉。

清照怨恨过明诚薄情，却从未想过他竟能如此薄命。也许，薄命也是一种薄情，他将她独自抛下，让清照独自去背负这煎熬的回忆。清照的指尖紧紧攥向掌心，她拼命想要留住明诚给予自己的最后一丝温情，只是，瑟瑟秋风，让她的指尖慢慢变凉，一直冷到心底。

忆秦娥

临高阁，乱山平野烟光薄。烟光薄，栖鸦归后，暮天闻角。

断香残酒情怀恶，西风催衬梧桐落。梧桐落，又还秋色，又还寂寞。

这一日，清照独自登临高阁，呈现于她眼前的，是一片视野广阔的莽苍世界。伫立高阁之上，凭栏远眺，远处起伏无序的群山，还有平坦广阔的原野，全部清晰可见。群山与原野之上，笼罩着一层淡而薄的烟雾，一抹落日的余晖从薄雾中渗透过来，一派苍凉之景。

金人的铁蹄践踏着中原，宋朝的山河早已经破碎。残缺不全的江山，就如同眼前那杂乱无序的群山，只需看一眼，便令人烦闷至极。变幻无常的世道，令清照无力去应对。之前还有明诚可以依靠，如今，只剩她独自一人去承受，她的一颗心，已经破碎得无法拼凑完整。

清照一连用两个"日光薄"，将这种荒凉萧瑟渲染得更加浓烈，仿佛一种凄凉压抑之感随时将要冲破文字，让世人真切地感受到清照此刻的心情。

荒凉的秋日黄昏，一派萧瑟之景。远处飞来一群乌鸦，发出凄惨的叫声。黄昏日落，倦鸟归巢，若是其他鸟儿，清照也许不会像此刻这般倍感凄凉。正在飞回巢中的，偏偏是一群乌鸦，它们的叫声令清照觉得此刻的景象是如此阴森，心中的凄苦也变得更甚。

就连乌鸦都有巢可归，属于清照自己的"巢穴"又在何方呢？她望向远处的目光是那样凝重，也那样悲凉。天色渐渐暗淡，国家几乎沦丧，生活的出路又在何方？

阵阵角声，随风传来。那悲壮的声音，是军营中用于通报昏晓之用，在如此开阔悲凉的情景之下，吹得清照心生无限忧伤。

清照的词中，极少有直接描写自己的心情究竟是好还是坏。然而，在这一阕《忆秦娥》中，却一语道破了自己"心情恶"。心情恶的原因有许多，除却此刻眼前的荒凉之景，还有曾经那些再也无法延续美好的回忆。

往日是那样温馨，清照曾无数次伴随着炉中袅袅香烟品尝美酒。可是，此时的一切遭遇，就如同香已燃尽，酒已喝残，这让清照的心情如何能好得起来？往事历历在目，回首却孤身一人。一个"恶"字，便是清照永远也诉说不尽的苦衷。

阵阵秋风是那样无情，将梧桐树的叶子吹得枯黄掉落。片片落叶，仿佛落在清照心上，每一片落叶都能带来刺心的痛。令清照刺心的，又何止是落叶。古人也用梧桐死或梧桐落来代指丧妻或者丧夫。清照生命中的梧桐便是明诚，自从他死后，清照心中的那棵梧桐再也没有焕发过新生。

每年秋高马肥之时，便是金人向南宋发动进攻的时候，于是，在清照心中，秋日早已经成了愁绪的源头。她恨不得秋日永远都不要再来，却无力阻止季节的轮回。

掉光了树叶的梧桐，呈现一派衰败之景，也许，这就是秋日应有的模样吧，可是，这样的秋日，总是让人心生深深的寂寞。清照早已厌倦了寂寞的生活，对寂寞也已经心生一种惧怕之情。秋日的到来，便意味着夏日的温暖与热闹全部消逝，取而代之的，是漫无边际的荒凉萧瑟。寂寞之情已经在清照心中积郁了许久，每一天，她都感到自己是那样孤独，仿佛被整个世界冷落在一旁。此情无法言说，只能无奈地道一声"又还寂寞"。

生命中的美好已经一去不返，每日的光阴品味之后只觉苦涩。久而久之，这样的滋味已经令人麻木，她几乎习惯了孤寂缭绕的生活。秋风吹来离散，她与明诚的爱，便伴随着这样一场秋风散去了。远去的人，也许会随着时间而慢慢模糊了身影。只可惜，余生实在太长，而你，又实在太令人难忘。

南歌子

天上星河转，人间帘幕垂。凉生枕簟泪痕滋。起解罗衣聊问夜何其。

翠贴莲蓬小，金销藕叶稀。旧时天气旧时衣。只有情怀不似旧家时。

字字句句，都在讲述明诚生前的故事。他再也不会知道，此时的清照在经历怎样的苦难。孤身一人活在破碎的国土之上，清照的身世飘零之苦，已成为她最大的哀伤。即便在这种境遇之下，她还是时不时地泛起对明诚的思念，足以见得，清照对于明诚的伉俪情重。

每到夜晚，便是思念泛滥的时刻。其实，清照对于明诚的思念又何止于夜晚，她日日夜夜都挣扎在思念之中，尤其是像今日这样一个静得令人窒息的黑夜。

天空仿佛为人间遮挡了一块漆黑的帘幕，彻底将日光挡在了帘幕的另一端。唯一可见的些许光亮，便是天上的星河。斗转星移，转眼明诚已经离开了许多日子，可清照还是没有办法适应这种孤寂。

夜幕低垂，群星闪耀，多么寻常不过的一个场景，清照却觉得，时间流淌得太慢了，以至于令她觉得长夜是那样漫长，她这个无眠的人儿该怎样才能熬过去。

别人家的窗帘早已拉上，代表着人家已经准备就寝。清照却毫无睡意，她知道，再过一会儿，整个世界都会安静下来，无边的长夜，更加会映衬出她的孤独。

都说人死之后，会与活着的人天人两隔，清照不知明诚此刻是否已经在天上。若是他真的去往天宫，那里的夜晚是不是比人间的夜晚更加明亮，更加美好？一抹苦涩的笑，挂在清照嘴角，这幻想中的美好，反而令她心头更加苦涩。既然天上那样好，明诚为何抛下自己独往，而不是与她携手共赴天宫？

即便是牛郎与织女，还能每年见上一面，她与明诚，再无见面之日了。想到此处，眼泪无声地汹涌而出，打湿了枕头与竹席，在上面留下清晰的泪痕，并且，这泪痕的印记越来越大。秋风拂过，被眼泪打湿的地方透着逼人的凉意。

秋夜何其悲哀，未亡人何其劳瘁。每当思念明诚，清照便悲从中来。没有睡意的她，躺在冰凉的枕簟之上。也许是因为寒意侵袭，也许是因为本就无心睡去，清照是和衣躺在床上的。她不知自己这样躺了多久，只知道夜已深，不得不睡去了。于是她从床上起身，解下外面的衣服，心中却不断问自己，现在究竟是几更？

人心凉，夜未央。清照并没有什么要紧的事情要做，无论何时入眠，何时醒来，对世人都不会有任何影响。她这样问自己，不过是因为心中烦闷，抱怨这秋夜太长，时间过得太慢，令她有太多的时间去因明诚的死而悲怆。她的表情一如既往地平静无波，心中却早已因丈夫的离世而暗流汹涌。

有时候，清照也安慰自己，不要过于悲伤。也许睡个好觉，会让悲伤之情舒缓一些。然而，低头看到刚刚解下的罗衣上面的装饰，清照又不禁一阵悲从中来。

那罗衣上装饰着翠羽贴成的莲蓬，还有用金线绣制的莲叶纹。只有生活优越的女子，才能穿着这样的衣衫。因为明诚的官职，清照并不缺这样的衣裳，直到如今，她的衣橱中还有许多类似的衣衫。而今，看到罗衣上这些象征着富贵的装饰花纹，清照怎能不忧思更甚？

曾经的优越生活，是明诚给她的。如今在这寂寞深夜，悠悠往事又袭上清照心头。罗衣上的莲蓬还似从前那般小巧，金线绣成的藕叶也如从前一般疏密有致。这件秋日衣衫，与从前几乎没有任何分别，此刻的秋日秋叶，也与每年的秋天毫无二致。只是，感受这秋日以及穿这件衣衫的，虽然还是从前那个人，却有着与往日截然不同的心境。

彼时，她也曾穿着这件罗衣，在这样一个秋日里，与明诚依偎在一起。丈夫的胸膛，可以帮她抵挡秋日的寒风，那时的她，纵然身处严寒深冬，也从未觉得如现在这般凄冷。

生活中的每一个物件，似乎都与明诚有关。每当不经意地看到某件物品，清照便会回忆起自己与明诚在一起时，与这件物品有关的往事。回忆编织了一张密不透风的网，将清照牢牢地捆绑其中。生活的变迁，令她无所适从，丈夫的死去，让她痛苦不堪。然而，她却偏偏以这般不惊不怒的方式，娓娓讲述着自己遭遇的一切苦痛，仿佛这苦痛与自己并不相干，却又那样让人心疼。

旧物总能触动情伤，这样的回忆总是美好而又悲壮。当年，夫妻恩爱之时，清照的心情没有一日不欢畅。对比今时今日的孤独，竟有天壤之别。纵然衣食无忧，却也如同炼狱般痛苦。

怨长夜不尽的辛酸，有几人能懂？镜花水月虽美，终究是无法挽留。悲欢离合，也许都是天定，清照在这样一个长夜当中，仿佛终于参透了现实的残酷。余生，她只能在悼念中度过。支离破碎的回忆，是生命赠予她唯一的慰藉。可是，回忆带来的痛苦，却永远都无法抹除。

我们仿佛能看到一座萧瑟庭院，月影依依，阁楼之上一盏孤灯如豆。一个瘦削的身影独坐于窗前灯下，手中一支细长的毛笔在纸上刷刷点点地飞舞。一行行娟秀的小字落于纸上，每一个字都在讲述着她的相思之苦。

睹一物　思一人

独守红尘之中，哀伤望断天涯。思念，缠绵了一整个过往，过去的浮华，都已成虚无，就如同梦中缥缈的落花，飘摇着触不可及的美好，午夜梦回，冷冷凄凄，泪流成河。

明诚亡故之后不久，哀伤过度的清照也大病了一场。这病来势汹汹，伤得她红颜憔悴，却只能独自强撑。清照几乎以为自己就要支撑不下去了，在如今这样的世道，家中又没有任何一人能为自己撑起一片天空，仿佛继续活在这个世界上已经没有了意义。

可是，只要一想到明诚留下的那两万多卷书籍，两万多卷金石镌刻拓本，以及其他藏品，清照便不能轻易死去。这些都是明诚的心血，她要找到一处安全的地方，将这些物品妥善安置起来。

她强打起精神，一日一日地与疾病抗争，终于日渐好转了起来。然而，苍白的容颜和瘦削的脸庞，却分明昭示着她并非一个健康的人。清照的腰肢，已经纤瘦得不盈一握，仿佛一阵强风便能令她踉跄了脚步。她在心中与自己暗暗约定，只要身体稍稍强健一些，便着手去寻找一处安全之地。

偏在此时，清照家中的藏品被恶人盯上。人人皆知清照此时独自寡居，又身染重病，正是最脆弱的时候。于是，一个名叫王继先的御医，便借着自己位高权重，对清照收藏的古物动起了邪念。

平日里，这个王继先无恶不作，从私占民宅，到强抢民女，都习以为常。如今，他提出要以三百两黄金将清照的全部藏品收购下来，这简直无异于强抢豪夺。这些藏品，都是清照与明诚多年的心血，不要说如此低的价钱，纵然给她倾国之金，清照也未必舍得。

眼看清照不肯，王继先便口出恶言，誓要将这些古物抢夺到手。索性，明诚有一位姨家兄弟在朝中担任兵部尚书，他得知此事之后，便向宋高宗上书，将王继先的丑陋行径一五一十地禀告。宋高宗立刻找到王继先询问，此事这才作罢。

一波未平，一波又起，建炎三年（1129）闰八月，金人自北方向南进攻，一连攻破了数座城池。建康城已经岌岌可危，宋高宗害怕与金人交战，将自己的后宫疏散到各处别居，自己则朝着浙西方向开始了逃亡之路。

皇帝出逃，百姓自然人心惶惶，许多人已经开始收拾家中的贵重物品，准备随时上路逃难。清照也无法在家中安然度日，她最担心的不是自己的安危，而是这些被明诚生前视作生命的藏品。无论战火蔓延到何处，清照都要用生命去守护这些东西。

然而，凭借清照一个弱女子，又如何能守护得住如此庞大之数的藏品。危急关头，她想到明诚有一位名叫李擢的妹婿在朝中担任兵部侍郎，如今正在洪州护卫隆祐皇太后的安全，那里也是一处安全的所在。只不过，洪州距离建康路途遥远，但清照别无选择，只得先暂时携带数千卷古籍文物赶往那里。

就在清照离开建康仅仅两个月，洪州也遭遇金人兵临城下的危机。他们是为了追捕隆祐皇太后而来，得知金人即将攻城的消息，洪州知州王子献弃城而逃，隆祐皇太后也与诸多臣子匆匆撤离，其中便包括明诚的妹婿李擢。

当清照赶到洪州，这里已经成为一座空城，她带来的这一批古籍器物，也没能幸免于难。当年在青州，明诚与清照收集的藏品不计其数，然而历经战乱，如今已经所剩无几。清照的重病尚未完全康复，此番风波对她又造成了巨大的打击，再次重病缠身。

好在，一些比较轻便的书画和碑刻拓本都被清照随身携带，其中便包括李白、杜甫、韩愈、柳宗元等名家的诗文集抄本，以及夏商周三代的青铜鼎彝共十余件。这些劫后余生的藏品，令清照倍加珍惜，即便在病中也要时刻把玩。

病情稍稍缓解一些，清照再次陷入深深的忧虑。自己究竟该去往何处，从青州到建康，从建康到洪州，自己一路都在被金人的铁蹄追赶着，无论她如何逃亡，都找不到一处容身之处。

清照能投奔的人，只剩下弟弟李迒了，他正任敕局删定官，此刻正在伴随御驾前行，实则就是跟随宋高宗一同逃亡。思前想后，清照只能快步向朝廷逃亡的方向追赶过去，至少能够有一位亲人守护在自己身旁。

然而，金人誓要捉拿宋高宗，宰相吕颐浩谏言，不如以"巡幸东南"的名义去往海上避难，宋高宗欣然应允。之时，一些朝中官员不愿再继续追随皇帝逃亡，便带着家眷留在原地，或是继续逃亡别处。偌大的南宋朝廷，此时已经支离破碎。

　　当清照追赶到台州时，正赶上这样一番官员外逃的景象，就连台州守臣都已经逃得不见踪影。清照只得继续向剡县追赶，又与宋高宗的逃亡队伍擦肩而过。筋疲力尽的清照，只得将一些沉重的物品舍弃。她听说宋高宗朝章安镇的方向逃去，便紧随其后追赶而至。

　　此时的清照，犹如一只离群的孤雁，独自在仓皇中发出凄厉的悲歌：

孤雁儿

　　世人作梅词，下笔便俗。予试作一篇，乃知前言不妄耳。

　　藤床纸帐朝眠起，说不尽无佳思。沈香断续玉炉寒，伴我情怀如水。笛声三弄，梅心惊破，多少春情意。

　　小风疏雨萧萧地，又催下千行泪。吹箫人去玉楼空，肠断与谁同倚。一枝折得，人间天上，没个人堪寄。

　　一段小序，是清照在缓缓讲述自己作此阕词的原因。其实，虽然她将此词称作咏梅词，不过是在借梅花抒发自己的怀旧之思。

一路奔波辗转，几乎每一个夜晚，清照都睡在不同的地方。这一日醒来，房中是一派藤床纸帐之景。回想从前的府邸中，卧房里的床是宽大而又舒适的，此刻房中的床，却只不过是一张用藤竹编成的轻便单人床而已。从前挂在清照卧房床畔的，是芙蓉绣帐，此刻这张藤床旁边挂着的，却是用茧纸做成的帐子。

一切都是那样简陋，然而在逃难途中，能有这样一处简陋之地容身，已经实属难得。坐在藤床之上，回想从前的点滴，清照满怀幽怨，心情根本无法好起来。

香炉中的沉香几乎燃尽，只余断断续续的轻烟。冰冷的香炉，像极了清照此刻凄冷的心境。若说此前写到香炉与熏香，清照的惆怅中还带有些许的甜蜜，那么此时此刻，那些甜蜜已经荡然无存。香炉上方缥缈的断续香烟，令清照愁情似水般冰凉而又绵长。

百无聊赖的清照，没有心情做任何事情。她静静地坐在床上发呆，房中弥漫着死一般的沉寂。突然之间，不知是谁在用笛子吹奏一曲《梅花三弄》。这曲声令清照心惊，这样的曲子，在这样的时节，定然能惊得梅花也为此而伤心。如此应景的曲调，仿佛是在刻意向清照传递着春日到来的消息。可是，对于一个连容身之处在哪里都不知道的人来说，即便是春天到来又能如何呢？不过是徒增无限幽恨罢了。

窗外小风阵阵，疏雨萧萧，一刻不停地充斥着整个天地。听着窗外的落雨，清照的脸上流下两行珠泪。春风春雨，都在证明着春日的到来，可是属于清照自己生命中的春天呢，却随着明诚的逝去一去不返了，这怎能让清照不伤心？

善于吹箫的萧史，带着妻子弄玉一同伴着箫声乘凤而去。这是多么令人羡慕的夫唱妇随的生活，然而，当萧史与弄玉走后，便只剩人去楼空，这多么像清照此刻的处境。她与明诚也曾像萧史和弄玉一般琴瑟和鸣过，却为何不能像他们一样一同乘凤离去，而是只剩自己一人在这世上回忆那些刻骨的相思？悲伤至极，便是断肠。

外面梅花开得正好，可清照这个"断肠人"又该倚靠在谁的肩上，一同去欣赏那初春梅景呢？纵然独自去赏梅，看到一枝开得异常美丽的梅花，将它折下来，又能去送给谁呢？无论是这人间，还是明诚所在的天上，清照都找不出任何一人来与自己分享这大好的春日了。

建炎四年（1130）正月，明州终于被金人攻陷，进而通过海路朝宋高宗逃亡的方向追去。眼看金人的船只就要追上宋高宗的龙船，海上突然风雨大作，南宋朝廷借此机会反击，将金人击败。

水战并不是金人的强项，他们终于决定放弃追赶，宋高宗才得以继续逃亡。清照终于一路追赶到温州，精疲力竭的她决定上岸休息一段时日。身边仅剩的这几件贵重藏品，无论如何都不能再丢失了。清照为此日夜警惕，恨不得睡觉都睁着一双眼睛。她虚弱的病体，在一路的奔波劳顿之后变得更加孱弱，可她内心有一股强烈的力量，誓要保护这些藏品周全。正是这分力量，让她支撑了下来。

一场大风过后，遍地落花，清照忽然回想起自己的少女时代，那时的她，同样伤春惜春，同样为风雨吹打下的落花而怜惜。于是，彼时才有"昨夜雨疏风骤，浓睡不消残酒。试问卷帘人，却道海棠依旧……"这般词句。

同样是风雨之后看到落花满地，此时的清照却不复当年的慵懒闺愁。她的愁情，变得更加深邃，一场"花事"终了，生命中的繁花是不是也已成为过往？余下的人生该如何度过？一盏青灯，一帘幽梦，哪怕是一声鸟儿的悲啼，都能令清照触景情伤。

好事近

风定落花深，帘外拥红堆雪。长记海棠开后，正伤春时节。

酒阑歌罢玉尊空，青缸暗明灭。魂梦不堪幽怨，更一声啼鴂。

"好事近"三字，不过是词牌名称。从唐代开始，每当这一词牌奏响，便意味着序曲响起，好戏就要开场。可见，清照笔下的《好事近》，并非是真的即将有好事发生。

那一晚，清照在房中听风声响了一夜，直到第二日清晨，风声才渐渐停歇。无须走出门去，清照便能预感到庭院中是怎样一番落红遍地的凄惨景象，无须亲眼见证，便已经无限伤感。她的敏锐情思，已与自然变幻牢牢地牵系在了一起。大自然的一丝细微变化，都能影响着她的心境。

果然不出清照所料，只需透过珠帘向室外望上一眼，便立刻触景伤情。落花在庭院中堆积得那样厚，无数花瓣落于雪堆之上，更显出一抹惨烈的鲜明色泽。如此美好的花朵，怎能不令清照心生哀怜之情？

　　自从年过四十，清照总是喜欢以落花自比。是啊，她已经不再是娇艳盛放的花朵，年华逝去，青春总会凋零。每当看到落花，清照总会因无法重回当年而唏嘘。她永远都忘不了自己的青春年华，那时的她，也会时常因落花而伤感，却从未像现在这般悲戚。

　　院中的落花便是清照十分喜爱的海棠花，它素有"花中神仙"的美称，清照独爱它的妖娆，以及如霞似雪的色泽。回想自己写下《如梦令》的岁月，也是这样一个伤春时节。转眼几十年匆匆流走，四季依然如当年般轮回往替，人却无法重回青春。

　　当年那歌舞升平、灯红酒绿的年华已经彻底成了过去。此时山河破碎，尚且找不到一处归途，又如何重拾往日的欢愉？独处于闺房之中的清照，仿佛能看到一番宴席散去之后的凄冷景象。桌上的酒杯已经空了，所有的酒都已经喝完，用来照明的烛火忽明忽暗，在某个不经意的时刻，突然兀自熄灭。

　　清照就如同置身于这样一个环境当中，是何等幽暗与凄冷，她又该是何等悲怆孤寂？无须过多言说，便能体会清照此刻的心境。借助三杯两盏淡酒，清照想要让愁绪变淡一些，可惜，借酒浇愁愁更愁，伴随着愁绪，她终于睡去。

　　她这一觉睡得极不踏实，反反复复做着一些幽怨的梦。半梦半醒之间，一阵凄厉的鹈啼之声从窗外传来，仿佛预示着这一天又将伴随着幽怨开始。

终究难回青春

年华已老，花开不再，红颜消减，容颜憔悴。光阴真是一件微妙之物，既能带来因缘聚散，也能带走似水流年。

建炎四年（1230）三月，宋高宗的船队离开了温州，准备经定海去往明州。一路上追随宋高宗逃亡的清照，也结束了短暂的安稳，重新开始了漂泊的生活。她没有资格与宋高宗的船队同行，只能远远地跟随在后面，独自面对沿途的凶险。途中，恰好经过温州北瓯江中心的一处孤岛。晋代诗人谢灵运曾盛赞这里为"乱流趋正绝，孤屿媚中川。云日相辉映，空水共澄鲜"。

这座孤岛上有两座山峰，各有一塔，东塔于唐代咸通十年（869）建成，西塔则于十年之后才建造完毕。两座塔各据东西两方，遥遥相对，整座岛屿都呈现出一派宜人的风景。

从这里经过的清照被优美的景致吸引，不由得停船靠岸，到孤岛上游览一番。

她已许久没有这般闲适的心境，足以见得岛上的风光该是何等秀丽。那一夜，清照做了一个玄妙的梦，这阕著名的《渔家傲》，便是清照在梦醒之后创作而成：

渔家傲

天接云涛连晓雾，星河欲转千帆舞。仿佛梦魂归帝
所。闻天语，殷勤问我归何处。

我报路长嗟日暮，学诗谩有惊人句。九万里风鹏正
举。风休住，蓬舟吹取三山去！

这是一个非同寻常的梦境，梦中出现的场景是如此气势
磅礴，因此才能令清照在字里行间都流露出豪迈的语气。仿
佛此时的她，不再是那名以婉约词句见长的才女，而是一名
充满浪漫主义与豪情的侠女。

出现在清照梦中的，是一幅辽阔壮美的景象，梦中的海
与天连成一色，海中汹涌的波涛仿佛与天空中的晨雾连接在
一起，苍茫的世界，一眼望不到尽头。天上星河流转，海中
上千艘船只扬起船帆，随着波涛上下飞舞。清照的船只也在
其中，她在船上感受着风浪的颠簸，乘风破浪地向前行驶。
那一刻，清照也分不清究竟是现实还是梦境，因为此时的她，
的确乘着船在水中颠簸。

迷蒙之间，清照觉得自己的灵魂已经出窍，随着一缕清
风升入天庭，来到了天帝的住所。天帝的声音慈祥地回荡在
清照的耳畔，他关心地问清照，想要去往哪里，哪里是她的
栖身之所？

清照轻声向天帝回禀，自己要去的地方还很遥远，还有
很长的路要走。说到此处，她不禁向天帝感叹，可惜已经到
了日暮时分，前路难走了。

她在梦中感叹的"日暮"，其实是清照觉得自己的人生已经走到了晚年，就像一天中的日暮时分，即将告别阳光的照耀，这样的感觉是何其痛苦。当年，屈原在《离骚》中写道："路漫漫其修远兮，吾将上下而求索。"那时的屈原，不惧路途遥远，只愿日长不暮，好让自己能够寻到天帝。如今清照已经在梦中见到了天帝，却又抵不过人生日暮的无奈。

倾诉过无奈之后，清照继而向天帝倾诉自己的遭遇。她告诉天帝，自己也算是一名有才华之人，也曾写下许多惊人的词句。可惜，纵然才华万千，却生逢不幸，她曾无数次奋力挣扎，却终究逃不脱残酷的现实。

家国不幸，无处安身，知音难觅，倾诉无门。这便是清照此刻的现状，难怪她会在梦境中见到天帝，将自己的一切痛苦讲述给天帝去听。在现实的世界里，清照已经找不出抒发心中愤懑的出口，身为女子，她更觉得自己的一腔才华没有施展之地。

感叹到此处，清照与天帝的梦中对话也画上了句点。忽然一阵大风从梦中刮过，一只大鹏鸟正在乘风飞上九万里高空。清照忽然心生壮阔之情，对着风大喊一声："风啊，你不要停下来，吹动我这一叶小舟，将我送到三座仙山那里去吧！"

传说中，在渤海上有蓬莱、方丈、瀛洲三座仙山，那里是仙人居住的地方。人们可以看到那三座仙山的所在，然而只要乘船靠近，便会被风吹到别处，至今无人见过三座仙山的真容。

现实世界的残忍，清照已经无力忍耐。她多想借着梦中的仙风，去往仙山，将那里作为自己最后的归宿。这阕词里，有清照难得一现的豪迈之气。一路的颠簸辗转，她无数次告诉自己，哪怕身体再弱，精神上也必须强健起来。这是怎样一种惊人的意志，她就这样一路追随着皇帝的队伍，来到越州，投靠弟弟李迒，这才总算是安顿下来。

回想一路的颠沛流离之苦，为了避难而四处奔走，毕生藏品损失大半，国家四分五裂，丈夫离开人世，有怎样的境遇能比清照此刻更加凄凉？亡国之恨、丧夫之痛、孀居之苦，一时间全部袭上心头，一阕《声声慢》，便是清照对残酷的现实进行无声的控诉：

声声慢

寻寻觅觅，冷冷清清，凄凄惨惨戚戚。乍暖还寒时候，最难将息。三杯两盏淡酒，怎敌他、晚来风急？雁过也，正伤心，却是旧时相识。

满地黄花堆积。憔悴损，如今有谁堪摘？守着窗儿，独自怎生得黑？梧桐更兼细雨，到黄昏、点点滴滴。这次第，怎一个愁字了得！

一连七组叠字，仿佛真切地听到一名伤心女子在哀声倾诉自己的悲情。她的忧伤，萦绕在字里行间，纵然一阕词读罢，还久久不能散去。那是一种莫名的愁绪，能够感染到每一个读过这阕词的人。哪怕天长日久之后，依然回味无穷。

清照一整天的愁苦，都是从一句"寻寻觅觅"开始。从清晨起床，她便感到百无聊赖，怅然若失。在房中空自张望了许久，依然找不到任何事物来寄托自己的空虚。于是，"冷冷清清"之情油然而生，这种孤寂之情，令清照觉得自己是那样"凄凄惨惨"，不知不觉，忧愁弥漫了整个房间。

即便是投奔到弟弟李迒家中，清照的心情还是无法好转起来。此时正是乍暖还寒的时节，整个世界都缭绕着一派凄冷的氛围。清照的内心已经无数次挣扎，想要赶快逃离痛苦的心境。只可惜，她越是寻觅逃离痛苦的方法，内心便却是凄楚寒冷。也许这份寒意是因为孤独所致吧，否则她为何如此怀念死去的明诚，以至于辗转反侧，无法入眠。

她起身为自己倒了一杯酒，再一次想要借助酒意麻醉自己的神经，也希望酒能让自己的身子暖和起来。可是，三两杯淡酒下肚之后，周身还是被寒气笼罩着。看来，饮酒带来的些许温度，终究还是抵不过夜晚刮起的疾风。

此时天暗云低，冷风正劲，一声凄厉的雁鸣划破天际。那哀怨的叫声直戳进清照的胸口，她想知道，这雁儿为何叫得如此凄惨，难道和自己一样，在老年将至的时候丧失了爱侣？若是如此，它岂不是要独自飞过千山万里，依然找不到自己的归宿。

雁鸣激发了清照的伤心，她三两步跑到窗边，想要望一望那发出凄惨叫声的大雁。她眯着眼睛，朝着大雁飞过的方向看了许久，总觉得那雁儿似曾相识。当年。因为元祐之祸，她与明诚被迫分离，那时候，她便盯着天上飞过的大雁写下"云中谁寄锦书来"，又曾写下"雁字回时，月满西楼"。难道，这就是当年自己见过的那只大雁？否则为何会觉得它与自己是旧相识？

一只大雁的生命能有多久？此去经年，此时的大雁无论如何都不会是彼时的那一只。只不过，对明诚的思念之情与往日毫无二致，所谓"旧相识"，并非是天上飞过的大雁，而是思念丈夫的心情。

　　庭院中遍地黄花，早已憔悴不堪，丝毫看不出盛放时的娇艳美好。花儿折损了芳姿，清照也憔悴了容颜。那遍地残花，此刻已经无人愿意采摘，那么老去的自己，想必也再无人会欣赏了。

　　以前明诚在世时，身旁好歹还有一人相伴。那时的日子是多么美好，尤其是屏居青州的那段日子，两人以诗词唱和，闲来便赏玩古籍，哪像如今，只剩清照一人去忍受无边无际的孤独。窗外越发阴沉，黄昏尚未来临，要如何煎熬着，才能挨到黑夜的到来？

　　其实，自从明诚死后，清照每一日都是这样挨过来的。孤独令时间变得那样漫长，漫长得有些可怕。清照好不容易熬到了黄昏，外面却又下起了淅淅沥沥的雨，令她更加心烦。清照不耐烦地望向窗外，忽然见到两棵梧桐树在风雨中相互依靠，就连梧桐都尚且相互扶持，她这个孤独的人儿该是何等可怜？

　　层层叠叠的哀怨，积累在清照心头。她不知自己的这分哀怨该如何形容，更不知该如何排解。此情此景，恐怕不是一个"愁"字能形容得尽的。

　　侵扰着清照心绪的，又何止是孤独，一场无法预料的诬陷，又在此时袭来，将已经悲伤得无以复加的清照坠入深不见底的深渊。

当年明诚病重之时，一个名叫张飞卿的学士曾携带一只玉壶前来，请明诚帮忙鉴定一下真伪。虽然身在病中，明诚还是一眼便分辨出那只壶并非是玉制而成，而是一种极像玉的珉制成的。得知此物并非玉器，张飞卿便将其带走了。然而，就是这件事，为日后的漫天谣言埋下了祸根。

明诚去世之后，有传言说张飞卿成为叛国之人，投靠了金人，并且将这只壶作为礼物献给金人。于是，一些别有用心之人连死去的明诚也不愿放过，将他牵涉到张飞卿叛国一事中，并四处散播谣言，说那只壶是明诚托张飞卿献给金人，还说真心叛国之人就是明诚。

这样的谣言仿佛为乱世之中的人们找到了一丝消遣，他们热衷于将谣言散布开来，一直传到一些官员的耳中。很快，便有一些官员对此事展开暗中调查，同时对已经死去的明诚上诉弹劾。

此事惹得清照日日惶恐不安，死者为大，哪怕拼死，她也要保住明诚的晚节。然而，身为女子，却没有人愿意听她的辩解。唯一的办法，便是将家中的藏品拿出大部分献给朝廷，替死去的丈夫表示对南宋朝廷的忠心。

此时，清照身边保留下来的藏品，几乎所剩无几。将这仅存的藏品献出去，她的心也在滴血。然而清照痛定思痛，还是觉得将藏品献给朝廷，比留在自己身边更加安全。毕竟这些都是身外之物，有朝一日自己追随明诚而去，这些藏品也无处可以安放。

很快，清照便将身边的藏品整理妥当，一同寄送出去，想要通过剡州送往南宋朝廷所在的明州。未承想，这批藏品刚刚到达剡州，那边就发生了暴乱，官军在平定叛乱之时，将这些藏品悉数抄走，最终落到一位李姓将军手里。

仿佛是上天的捉弄，无论如何筹谋，终究无法逃脱天意。得知此消息，清照欲哭无泪，她不知该如何才能保住明诚死后的名声。好在，对于一个已经死去之人，正处于危难中的南宋朝廷根本无暇追究。于是，"玉壶事件"就这样不了了之了。

第八章

垂暮　自是花中第一流

再掀一幕柔情

并不是人人都能有幸得到岁月的温柔相待，香梦又恨，相思无价，最简单的相守，变成最大的奢望，只留断肠人，漂泊天涯。

那一年，花开正好，于庭院中，她回眸一笑。那是一场美丽的邂逅，她笑得嫣然，他看得沉醉。相遇皆因缘起，相守皆因缘定，那么离散呢？皆因缘灭，宛如片片落花，零落成泥。

偌大的红尘之中，每个人皆是过客。人人都只记得为他人心碎，却忘了善待自己。茫茫人海之中，谁才是值得令你停靠的彼岸？弱水三千，又有哪一瓢能为你解去一路的干渴？

心动心碎，皆因被爱左右，在柔情中迷失了自己，却又是否找寻到了真正的归宿？

清照曾经以为，明诚便是她一生的归宿。人人都说人生短暂，清照却不理解为何自己的人生这样漫长。没有了明诚，她该如何煎熬着度过余生？一次又一次的打击与厄运，她娇弱的身躯如何去支撑？

在《金石录·后序》中，清照曾记录下这样一段往事："唯有书画砚墨可五七簏，更不忍置他所，常在卧榻下，手自开阖。在会稽，卜居土民钟氏舍，忽一夕，穴壁负五簏去。余悲恸不已，重立赏收赎。后二日，邻人钟复皓出十八轴求赏，故知其盗不远矣。万计求之，其余遂牢不可出。今知尽为吴说运使贱价得之。所谓岿然独存者，乃十去其七八。所有一二残零不成部帙书册，三数种平平书帖，犹复爱惜如护头目，何愚也邪！"

那是发生在公元1131年的事情，那一年，宋高宗将年号更改为"绍兴"，清照当时正在越州居住。她在一户姓钟的平民家中租下一间房子，当时，清照身边的藏品，只剩下书画砚墨五七筐而已。这些东西她实在不忍心随意放置，又担心再遭不测，只能藏于自己的床下。

不承想，一天晚上，贼人趁着清照外出，在她卧室的墙角打了一个洞，从洞中钻进来，将清照藏在床下的五筐字画偷走。当清照发现之后，悲恸不已，无奈之下，只得出重金悬赏这些藏品。

两天之后，清照的邻居中有一个名叫钟复皓的男子，拿来十八轴字画，向清照领赏。清照终于知道，原来偷走她藏品的盗贼，竟然离自己并不远。想必他已经盯了自己很久，知道这些贵重的物品藏于何处，才如此轻而易举地将其盗走。

只可惜，纵然重金悬赏，清照最终也只得回这十八轴字画而已，其余的东西已经不知所终。后来她听说，其余的字画都被福建路转运判官吴说以廉价悉数买去。这些都是清照最珍爱的东西，纵然她谨慎呵护，终究还是寻无所踪。留在她身边的，只剩下一些残破零碎的书册，还有一些普通的书帖。经此一事，清照对身边幸存下来的藏品更是如同爱护自己的头与眼睛一般珍惜。多年以后回想起来，当年的自己是何等的愚痴。

最珍爱的物品大部分惨遭失窃，对清照造成了巨大的打击。一场大病让她一连多日都卧床不起，险些因此丧命。

绍兴元年（1131）十一月，宋高宗决定将行在迁移到临安，也就是如今的杭州。清照的疾病尚未痊愈，在越州继续养了两个月的病，直到绍兴二年（1132）正月，才追随着朝廷来到临安。

五十岁的清照，已经步入老年。一连串的厄运砸下来，她的容颜早已憔悴不堪，再加上疾病的折磨，让她看上去苍老了许多。从越州赶往临安，一路的奔波劳苦，让她尚未康复的病体再一次倒下。这一病，便迁延了许久。

她曾在写给朋友的信中说自己"近因疾病，欲至膏肓，牛蚁不分，灰钉已具"。在《世说新语》当中，有这样一个典故，说的是殷仲堪的父亲身患重病，听到床下有蚂蚁在爬动，别人却告诉他那分明是牛斗。清照引用这一典故，就是在说明自己已近病危，弟弟李远时常在身旁照顾，为防不测，也已经提前替清照准备好了寿衣棺木，就连封棺材的铁钉和石灰都已经准备齐全了。

清照觉得，老死病中，也许就是自己最终的归宿。想到死后便能与明诚团聚，便觉死亡并没有想象的那般可怕，只是，看着镜中自己那憔悴的容颜，清照还是难免心生凄凉。

摊破浣溪沙

　　病起萧萧两鬓华，卧看残月上窗纱。豆蔻连梢煎熟水，莫分茶。

　　枕上诗书闲处好，门前风景雨来佳。终日向人多酝藉，木犀花。

　　也许是上天眷顾，清照总算是挺过了这次劫难，她的身体日渐康复了起来。大病初愈，她还不能随便到外面去走动，然而即便是在卧室中养病，摆脱了疾病的痛苦，清照的心情也稍稍闲适了起来。

　　一场大病，令清照的两鬓增添了更多的白发，头发也掉了许多，她看着镜子里的自己，感叹终究是难抵岁月的摧残。不过，她也反过来安慰自己，都一把年纪了，还要那样好的容颜干什么？纵然一头青丝，也不能让自己重返童颜了，索性，头发就让它去白、去掉吧，何必再去管它。

　　她躺在卧榻上，看着一轮残月慢慢照上窗纱。生病的这段日子里，清照什么都做不了，最多只能躺在病床上看着窗外的日月更迭。因为病情好转，她也精神了不少，虽然无事可做，却有了欣赏月色的雅兴。

　　病情好转，那些难喝的苦药自然不必再喝了。不过大夫叮嘱清照，可以将连梢的豆蔻煎水，以药代茶，调养身体。以豆蔻煎水并不烦琐，只需将水烧开，装入瓶中，再将洗干净的豆蔻投入沸水之中密封片刻便可饮用。白豆蔻有着浓郁的清澈冷冽之气，能够沁人心脾，正适合清照的病症。

　　清照也乐于这样以药代茶，病体虚弱，即便喝茶也无力去讲究许多，更何况是像"分茶"这样高雅的茶戏，有豆蔻水可以喝，清照觉得既省心又省力。此刻，她正饮着一杯豆蔻水，淡淡的香气飘荡在房中，更添闲适之情。

白日里，天气大好，清照虽不能出门散步，却可以靠在枕上读书。一场淅淅沥沥的小雨，为门外的景色增添了几抹情趣，清照躺在床上便能望到门口，若是读书读累了，便对着门外的雨景发一会儿呆，别有一番韵味。

一簇木樨花正对着清照的房门开得正好，那小而淡黄的花朵，在雨中愉悦地吐露着芬芳，那样蕴藉，有着桂花般温雅清淡的风度。含蓄的木樨香气被清风阵阵送到清照枕畔，令她觉得自己的病就此便彻底痊愈了。

如此病中寻常事，却被清照描写得如此淡雅，颇富情致，可见字字都是真情流露。也许，大病一场并不是坏事，反而能让清照对生活释然许多。

清照似乎已经接受了就这样安度余生，从未想过会有另一个男人闯入她的生命当中。这个人便是时任右奉承郎监诸军审计司的张汝舟，他本是明诚在国子监太学时的同窗，听闻清照病重，便特地赶到家中探望，并且时常前来照料清照。

一抹柔情，悄然在清照的生命中徐徐绽放。张汝舟对清照侍奉得那样殷勤，又极善言辞，时常哄得清照展露笑颜。就连李远都以为，他对清照是动了真情，更被他悉心照料清照的举动所感动。李远觉得，若是姐姐余生能有这样一位真情人悉心呵护，也算是是人生圆满，总不至于落得晚景凄凉。

张汝舟的情意，清照并非不能体会。经历人生种种跌宕，她本已经心如死灰，从未企盼会有一人与自己相扶偕老。张汝舟的出现，让清照晦暗的生命中照耀进一丝曙光，她不禁认为，与这个男人相伴余生，也许能换来一份真正的安稳吧。

明诚已经离开足足三年，守孝之期也早已过去。当张汝舟向清照正式求婚的那一刻，清照几乎没有过多思索，便答应了下来。张汝舟随后便将一纸婚书送到李远手中，厚道的李远以为张汝舟的确对姐姐有情有义，自然也不会反对。

当虚情假意被披上真情实意的外衣，便很难被识破。清照与李远都没有看出张汝舟隐藏在婚书背后的目的，更未曾料到，如此真诚的求婚，竟然是一场无耻的欺诈。

关于清照的第二段婚姻，民间流传着许多版本。有人说，清照并非真心再嫁，只是病重之时迷迷糊糊地被弟弟李远送入婚房；也有人说，张汝舟是被清照招赘入门，算不上真正的夫妻。

无论如何，一纸婚书，还是将清照与张汝舟的婚姻变成了事实。对于未来的生活，清照也曾心怀美好的期待。她不需要盛大的婚礼，更不需要华丽的嫁衣，她想要的，不过是一个真心人，能用真情温暖她的余生。

以爱为名的算计

那些虚情假意的算计，幻化成华丽的鱼钩。本以为能得到一生的救赎，却在咬钩之后发现，换来的是更深的伤口。

张汝舟看上的，并非是清照这个人，而是她多年的心血收藏。明诚与清照藏品颇丰，早已世人皆知，张汝舟认为，清照留下的藏品定是富可敌国。于是，他趁着明诚亡故，清照重病，便阴险筹谋，假借照顾重病的清照，实则是乘虚而入，令清照对他心生好感，借机侵占清照的全部藏品。

原来，一切不过是一场以爱情为名的算计，这一场无耻的骗局，很快便被清照识破，这一场短暂的婚姻，也只维持了不过百日。

当张汝舟得知清照的藏品已经所剩无几，便渐渐露出了丑恶的嘴脸。清照也发现了张汝舟的真正目的，将身边仅剩下的一些贵重之物藏了起来，无论如何都不肯交给张汝舟。以清照爽直的个性，根本无法掩饰自己对张汝舟的鄙夷，就这样，恼羞成怒的张汝舟便开始对清照拳脚相加。

一名柔弱的年老女子，怎能耐得住一记记铁拳。原来，她向往的阳光终究照不到阴暗的角落，所谓爱情，已经折磨得清照身心俱疲。

张汝舟的虐待令清照忍无可忍，洁净如她，怎能甘心委身于这样一个泼皮无赖。懊悔之余，清照开始筹划脱身之策。

那是一个女子只能屈居男子之下的年代，历来只有男子休妻，从未有女子休夫。更何况，若是女子被丈夫休掉，大多是因为犯了"七出之条"，会遭到世人的唾弃。

清照知道，张汝舟宁可将她折磨死，也不会轻易休妻。屈辱的生活与所谓的名节相比，清照宁可玉石俱焚。无论如何，她都要想到离开张汝舟的办法，终于，张汝舟的一些马脚，被清照抓在了手中。

按照宋代科举制度规定，士人参加科举必须达到一定的次数，才能获得授予官职的资格。当年，张汝舟为了做官，竟然虚报了自己参加科考的次数，这才得到如今的官职。在李远的帮助下，清照还得到了张汝舟为官期间营私舞弊的证据，带着这些罪证，清照将张汝舟告上了官府。无论任何一条罪名成立，便都是欺君大罪。

清照状告亲夫的壮举惊动了宋高宗，他立刻下令对此事进行彻查。清照果然没有诬告，朝廷很快便查出清照所列举的罪状件件属实，张汝舟最终被罢官，流放广西，清照与张汝舟的夫妻关系也正式解除。

然而，按照宋朝法律，妻子状告丈夫，纵然状告成功，妻子也要被判三年牢狱之刑。清照早已做好破釜沉舟的打算，也做好了迎接牢狱之灾的准备。好在，经翰林学士綦崇礼等亲友的大力营救，清照只被关押了九日便被释放了出来。

一场婚姻风波，将清照推上了舆论的风口浪尖。因为才华与家世，清照早已声名远扬，此次发生这种事，许多人都将清照当作谈资与笑柄。冷言冷语从四面八方涌来，走在路上，街坊四邻也总是朝清照投来异样的眼神。甚至还有当时的一些文人专门用文章来对清照进行嘲讽，有的说清照："'忍以桑榆之晚景，配兹驵侩之下才'，传者无不笑之"；还有人写道："不终晚节，流落以死，天独厚其才而吝其遇，惜哉！"

清照知道，自己的这番经历，终究是难逃世俗之人的嘲弄取笑。每当回忆起这段荒唐的婚姻，清照都不免惭愧，在他人眼中，想必自己已经是一个道德与名声都败坏掉的女子。虽然自己一直洁身自好，却难抵悠悠之口。也许，只有当世的名士智者出面替她说话，才能终结这些流言蜚语的传播吧。无奈之下，清照只得给綦崇礼写去一封信，请他这位有德有才之人出面替自己说一些话，让世人停止对自己的嘲讽与诽谤。

一场无妄之灾，皆起于这一场孽缘。清照如同做了一场漫长的噩梦，她恐惧、挣扎，却只能独自勇敢面对。结束这一段孽缘，也许反而是一场欢喜。张汝舟消失在清照的生命中，却在清照的记忆里留下了抹不去的污迹。

清照发觉，也许孤单才是自己真正的宿命。命运何其残忍，为何不能让她安静地走完余生，偏要让这一场荒唐的闹剧在自己的人生中掀起恼人的波澜。从此，她更加笃定，要独自走完剩下的路，任岁月磨砺，让日子暖意生香。

清平乐

年年雪里，常插梅花醉。挼尽梅花无好意，赢得满衣清泪。

今年海角天涯，萧萧两鬓生华。看取晚来风势，故
应难看梅花。

回想早年时光，清照常与明诚一同踏雪寻梅。每当寻得
一枝开得极好的梅花，两人便会将花枝折下来，或是拿回家
中插瓶，或是簪在清照鬓边。那时的生活，是何等幸福，何
等快乐。这样的幸福比美酒更加香浓，令人沉醉。

此时，又是梅花盛开的时节。枝头的梅花，与昔年的花
形无一分不同，只可惜，"年年岁岁花相似，岁岁年年人不
同。"物是人非，人鬼殊途，想来如何能不伤情？

曾经的生活越是美好，失去之后便越是痛苦。其实，在
曾经的那段圆满里面，也会时常出现一些不快乐的音符，就
好像李、赵两家相机罹祸，清照与明诚被迫分别，之后又屏
居乡里，饱尝生活的忧患。那时，清照也曾因这些风波丧失
了赏梅的雅兴，她为此忧伤怨恨，也在独居之时百无聊赖，
无数次将手中的梅花碾碎，只因心情不好，泪湿衣襟。

然而当时的种种与如今的境遇相比，反而算不得什么
了。此时此刻，清照已经随着年华的飞逝而两鬓斑白，到了
晚年，却落得背井离乡、漂泊天涯的下场。那个令她深爱的
一生的人，何止是与她各自天涯，而是阴阳两隔，此生都无
法相见了。

一阵晚风来得那样迅疾，恐怕风停之后，梅花也早已落
尽。清照感叹，看来今年是无法赏梅了。人生老矣，像这样
赏梅的光景，自己还能再拥有几次呢？

清照在词中将自己的早年、中年与晚年生活进行了简单的总结，青春时期，她与明诚佳偶天成，人面相映着梅花；中年时节，遭遇乱世，一颗心随着手中的梅花被一同碾碎；到了晚年，又漂泊天涯，更不忍看到梅花在风中飘零。

　　她的两鬓，更添了许多霜华，虽然又是赏梅时节，可那稀疏花白的鬓发，如何再能簪上一朵梅花？即便是能，清照也无心簪梅了。

　　梅花，承载了她的欢乐、她的幽怨、她的哀伤。清照的人生，可谓是丰富，却难称多彩。国事至今还令她烦忧，那一场刮得正劲的晚风，就像如今的局势，枝头的梅花，便像此时的南宋朝廷，在风雨中飘摇无依。

　　眼下的政局，越来越不稳定，一场国破家亡的灾难，也许注定无法避免了。身世之苦与国事之难糅合在一起，清照怎能还有赏梅的雅兴？

　　绍兴三年（1133）五月，宋高宗任命尚书吏部侍郎韩肖胄为端明殿学士、同签书枢密院事，将其派往金国出使，同时任命胡松年为副使一同出行。此番出使金国，是要去探望被金国囚禁的宋徽宗与宋钦宗。这也是一种向金国示好的表现，宋高宗希望以低姿态向金国求和，换取暂时的太平。

　　在向宋高宗辞行之时，韩肖胄说道，若是此番出使半年不归，定是金人有所图谋。他希望朝廷到时候能挥师北上，不要为了求和而延误军机。

　　韩肖胄一家世代忠烈，清照的祖父与父亲都出于韩家门下，得到过韩肖胄父辈的提携，李、韩两家，可谓是世交，因此当清照得知韩肖胄即将出使金国时，便以诗两首来为韩肖胄送行：

上枢密韩侂胄诗二首（并序）

绍兴癸丑五月，枢密韩公、工部尚书胡公使虏，通两宫也。有易安室者，父祖皆出韩公门下，今家世沦替，子姓寒微，不敢望公之车尘。又贫病，但神明未衰落。见此大号令，不能忘言，作古、律诗各一章，以寄区区之意，以待采诗者云。

其　一

三年夏六月，天子视朝久。凝旒望南云，垂衣思北狩。
如闻帝若曰，岳牧与群后。贤宁无半千，运已遇阳九。
勿勒燕然铭，勿种金城柳。岂无纯孝臣，识此霜露悲。
何必羹舍肉，便可车载脂。土地非所惜，玉帛如尘泥。
谁当可将命，币厚辞益卑。四岳佥曰俞，臣下帝所知。
中朝第一人，春官有昌黎。身为百夫特，行足万人师。
嘉祐与建中，为政有皋夔。匈奴畏王商，吐蕃尊子仪。
夷狄已破胆，将命公所宜。公拜手稽首，受命白玉墀。
曰臣敢辞难，此亦何等时。家人安足谋，妻子不必辞。
愿奉天地灵，愿奉宗庙威。径持紫泥诏，直入黄龙城。
单于定稽颡，侍子当来迎。仁君方恃信，狂生休请缨。

胡公清德人所难，谋同德协心志安。
脱衣已被汉恩暖，离歌不道易水寒。
皇天久阴后土湿，雨势未回风势急。
车声辚辚马萧萧，壮士懦夫俱感泣。

闾阎嫠妇亦何知，沥血投书干记室。

夷虏从来性狼虎，不虞预备庸何伤。

衷甲昔时闻楚幕，乘城前日记平凉。

葵丘践土非荒城，勿轻谈士弃儒后。

露布词成马犹倚，崤函关出鸡未鸣。

巧匠何曾弃樗栎，刍荛之言或有益。

不乞隋珠与和璧，吸乞乡关新信息。

灵光虽在应萧萧，草中翁仲今何若。

遗氓岂尚种桑麻，残虏如闻保城郭。

嫠家父祖生齐鲁，位下名高人比数。

当时稷下纵谈时，犹记人挥汗成雨。

子孙南渡今几年，飘零遂与流人伍。

欲将血汗寄山河，去洒东山一抔土。

其　二

想见皇华过二京，壶浆夹道万人迎。

连昌宫里桃应在，华萼楼前鹊定惊。

但说帝心怜赤子，须知天意念苍生。

圣君大信明知日，长乱何须在屡盟。

对于宋高宗一味向金人求和的做法，清照并不赞成。宋高宗每日在朝堂之上，依然庄严肃穆地面南而坐，实际上却无所作为，只知道为了所谓的"天下太平"而委曲求全。

《孟子·公孙丑》中写道："五百年必有王者兴，其间必有名世者。"于是，古人便以"半千"为贤者兴起之时。清照觉得，此时却并不是孟子所说的那个贤宁之时。不仅如此，此刻反而是一段充满灾难的岁月。

在诗中，清照一连引用了几个典故：汉朝时，窦宪与耿秉在稽落山与北单于交战，北单于大败，匈奴四散奔逃，单于也慌乱逃走。窦宪与耿秉便出塞三千余里，登上燕然山，在山石上刻下自己大败匈奴的战功，以此铭记；晋朝的桓温自江陵北伐之时，途经金城，见到自己年轻时期种下的柳树已然长得茂盛，不禁慨叹："木犹如此，人何以堪！"于是便攀扶着柳树的枝条泫然流涕。

清照希望有人能像窦宪、耿秉那样北破单于，像桓温那样收复失地，而不是像如今这般一味求和，实在是令人遗憾。

她想告诉韩肖胄，不必为今日之事刻石记功，更无须种柳徒增感叹。总会有像考叔那般的纯孝之臣，懂得今日的悲凉。

宋高宗只知一味地愚孝，却不懂得爱惜自己的国土。他派出的出使队伍满载着玉帛与金银作为送给金国的礼物，难道这些玉帛与金银就如同尘土一般低贱吗？如果没有一个能为宋廷挣回颜面的使臣出使金国，那么送去的钱财越多，宋廷在金国的面前就越发卑贱。

清照相信，韩肖胄便是那个能替宋廷挣回颜面之人。朝中无人不知韩肖胄的贤能，宋高宗更应知晓。唐肃宗时期，宰相李揆被肃宗赞曰："门第人物、文学皆当世第一。"后来李揆出使外藩时，外藩酋长问道："闻唐有第一人李揆，公是否？"李揆却答道："不是，那个李揆怎么可能到这种地方来？"

在如今的南宋朝廷中，韩肖胄便是李揆那样的"朝中第一人"，清照更盛赞他就像当年的礼部尚书韩愈韩昌黎，必能凭借贤能流传于后世，定能成为万人敬仰的杰出之人。

在仁宗与徽宗两朝，韩家的祖辈与父辈都是像尧帝时期的皋陶与舜帝时期的夔那般的贤臣，韩肖胄自然也不会辱没韩家父祖辈的威名。

汉朝时，匈奴单于见到宰相王商，被其威猛之姿惊得倒退几步；唐朝时，吐蕃侵略中原，却唯独惧怕大将郭子仪的威名。清照希望，韩肖胄也能像王商与郭子仪那样震慑金人，令金人一见便吓破了胆。

她相信，临危受命的韩肖胄一定能不辱使命。他不惧此行艰险，将家中老母与妻儿放置一旁，只为国家利益，愿意扬大宋国威。此番前去，他定能直入皇宫大殿，见到韩肖胄的威风凛凛，单于也一定会屈膝相迎。虽然这一切都是清照的美好祝愿，却足以看出她对韩肖胄的信赖，以及在他身上寄托的众望。

对于副使胡松年，清照同样寄予厚望。她说胡松年具备常人无法拥有的品德，若是他能与韩肖胄同心协力，必能完成使命。清照希望他们二人能如同韩信忠于汉室一般忠于宋廷，像荆轲那样敢于背负艰难，完成出使任务。当年，荆轲去往秦国刺杀秦王，一首《大风歌》唱尽了英雄气概。"风萧萧兮易水寒"，便是清照在心中赠予韩、胡二人的离歌。

清照虽然只是一名寡居女子，却也想要对肩负重任的两位使者说一些"刍荛之言"。这不过是清照的自谦之语，以她的才情与胸襟，即便不能称为女中豪杰，至少也是巾帼不让须眉。

　　她的字字句句，都含着血泪。她告诉韩肖胄，金人素来如虎狼一般凶猛残忍，在出使期间，一定要小心行事，不可麻痹轻敌，防患于未然总没有坏处。

　　当年，楚国与晋国结盟之时，楚人打算乘晋人不备，杀其措手不及，便将铠甲穿在中衣之内，突袭晋国。再当年，唐朝与吐蕃于平凉结盟时，被吐蕃埋伏在此处的重兵突然袭击。清照叮嘱韩肖胄，在踏入金国领土之前，一定要牢记这些历史的教训，时刻提高警惕。

　　若是金人真的图谋不轨，清照还奉劝韩肖胄与胡松年一定要懂得随机应变。那些能工巧匠，从来不会将一些不成材之木舍弃掉，她也希望韩、胡两位使者，能将她这个民间寡妇的"粗鄙之言"放在心上，也许会有一些益处。

　　像隋侯之珠、和氏之璧那样的珍宝，清照都不在乎，她只关心中原百姓的现状如何。汴京的皇宫虽然还在，想必也已经是一派萧条景象，不知家中亡故的亲友坟前是如何场景，是否有人常去祭奠、打扫。她恳请韩肖胄能够带回一些中原百姓的消息，清照想知道，留在那里没能逃离出来的他们，是否还能以种桑麻为生，过着和之前一样的安稳生活，金人是否还用重兵把守着中原城郭。

　　清照的父祖之辈，都出生在齐鲁之地，李家虽地位不算高，却也算声名远播。当年他们在稷下讲学之时，门下的弟子也算人数众多。身为他们的子孙，清照却在战乱中被迫南渡，如今已经多年过去，飘零异乡的她，竟然成为一个流亡之人。这让清照如何能泰然处之？她也希望能将自己的血泪报效于国家故土，将一腔热血洒在齐鲁大地之上。

她多想亲眼看到韩肖胄与胡松年两位使者出使金国时经过南京与东京的场景，想必沿途的百姓一定会夹道欢迎，并以壶盛浆慰劳他们。到那个时候，就连皇宫中的桃树与大殿屋檐下筑巢的雀鸟都会以惊喜的心情迎接两位使者吧？

只可惜，宋高宗的所作所为却一次又一次地令百姓失望。身为皇帝，他若是真的对百姓有怜悯之心，就应该知道上天有好生之德。如果皇上真的圣明，就不应该一次又一次向金人委曲求全。现在低声下气地求和，其实是在助长日后的祸乱。

虽然已经风烛残年，以"嫠妇"自称，清照却还是担忧着百姓的命运与国家的存亡。她痛恨那些侵略自己家乡的亲人，也痛恨那些无所作为的当权者，两首慷慨激昂的诗篇，满含着清照对时局的悲愤之情。

难寻纯粹情致

　　做一名婉约的女子，无论年华几许，毕生所求，不过"纯粹"二字。只可惜这时间掺杂了太多灰尘，否则也不会被世人称作"尘世"。

　　清照所追求的简单而又纯粹的人生，在她的有生之年，终究是再难寻得了。绍兴四年（1134）十月，金兵直取临安，南宋朝廷再一次仓皇逃窜，舍弃临安府，向泉州奔逃。

　　江浙一带的百姓也纷纷随着四散逃亡，清照也随着人群一同乘船去往金华逃难。途中，恰好经过严子陵钓台，想到东汉著名隐士严子陵，清照立刻心生崇敬之情。严子陵与东汉光武帝刘秀本是同窗，更是好友，曾经帮助刘秀起兵，事成之后便归隐山林，过着开馆授徒的生活。刘秀称帝之后，多次想请严子陵入朝为官，然而严子陵却隐姓埋名，隐居到富春山中，在那里度过了自己的一生。严子陵八十岁离世，富春山也成为他的安葬之地，严子陵钓台便是他在隐居期间时常去钓鱼的地方。

　　范仲淹曾在《严先生祠堂记》中以"云山苍苍，江水泱泱。先生之风，山高水长"这样的话语来赞扬严子陵的高风亮节。

清照同样欣赏严子陵不为富贵所累的豁达，但她更羡慕严子陵能摆脱名利的绳索，安稳地过着隐居的人生，这些都是清照想要却做不到的。

钓 台

巨舰只缘因利往，扁舟亦是为名来。

往来有愧先生德，特地通宵过钓台。

　　江面上来来往往，皆是大小船只。清照早已看透，无论是大船还是小船，都是为了名利在这江面上穿行。其实，所谓大船，便是代指那些向往财富，并且极力想要获取财富之人；而所谓小船，便是为了名利去结交权贵之人。无论是"大船"还是"小船"，都逃不过凡夫俗子之名，太多的人都是为了追名逐利而活，有些人甚至唯利是图，心中眼中只有名和利。

　　严子陵却是一个超脱于凡尘俗世的品德高尚之人，他不为名利所动，隐居于此。后人每每自愧不如，因此在途经严子陵钓台时，便特意选择于夜间往来。明代郎瑛在《七修类稿》卷三十《赵基严台诗》中便曾记载道："有过台而咏者曰：'君为利名隐，我为利名来。羞见先生面，黄昏过钓台。'"

　　清照自认并不是一个能摆脱了名利束缚之人，于是，她也特地趁着黑夜，悄悄从钓台经过。也许，她做不到如同严子陵般淡泊，却也不愿被名利所束缚。一直以来，清照始终洁身自好，最大的欲望便是收藏一些古董字画。与那些贪图钱财唯利是图的人相比，可谓是品德高尚许多。

在金华，清照租住在一户陈姓人家的房子里，总算暂时求得一丝安定。在这难得的幽静当中，清照一连写下两篇传于后世的名作，一篇是为明诚的《金石录》所撰写的《金石录后序》，另一篇便是为自己的著作《打马赋》所撰写的序言《打马图经》。

打马是流行于宋代的一种棋戏，与围棋相似，考验的便是排兵布阵的策略。这是清照最喜欢的一种游戏，闲来无事，她便教育子侄该如何对待打马游戏，并且自己也创造了一种新的打马方法，叫作"命辞打马"。她让子侄们将这一方法记录下来，自己也撰写了这样一篇序言。在文中，她将棋比作士兵，将棋盘比作战场，在博弈当中糅进了自己的政治见解与爱国热情。

清照想要告诉世人：人若是聪慧，思路便会开阔。思路一开，便没有什么不知道的。若是能够专心，便会拥有精深的造诣，无论何时，都会通晓其中的奥妙。就像庖丁解牛、郢人以斧头砍朋友鼻梁上的灰尘一样，无论是大到尧舜二帝的仁德，还是小到用绿豆弹苍蝇，都能达到高深的境界。

只可惜，许多人却偏偏不愿去领悟事物的奥妙所在，不要说是学习圣人之道，就连最简单的游戏，也只不过学习一点儿皮毛便止步不前了。

清照自称是一个天性喜欢赌博之人，凡事只要是能赌个输赢，便会沉迷其中，废寝忘食。并且，在清照一生的赌博当中，总是逢赌必赢，并非是她运气好，只是因为她玩得精致。只可惜自从南渡以来，许多赌博的器具都在流亡当中丢失了，因此赌博的机会便少了许多，每当想起，清照还是会心痒难耐。

她还在《打马图经》中记录了绍兴四年自己随百姓逃难的场景。当时，淮河上传来金兵进攻的警报，人们闻听之后争相逃命。住在东边的往西边跑，住在南边的往北边跑，住在城里的往乡下跑，住在乡下的又往城里跑。一时间到处都是逃难的人，极为混乱，却没有人知道究竟该往何处跑。

清照从临安沿着钱塘江一路向上，经过子陵滩，到了金华，这才停止逃难。一来到陈姓人家的房子里，她便觉得安心舒坦，到了夜晚，无事可做，便又开始重拾赌博的爱好。

像长行、叶子、博塞、弹棋这样的赌博方式，几乎已经失传了，而打揭、大小、猪窝、族鬼、胡画、数仓、赌快一类的赌博，都是下层人的游戏，并不常见。而像藏酒、摴蒲等已经很少有人再去玩，清照又不屑于像选仙、加减、插关火那种只凭运气的粗笨游戏，觉得无法施展自己的智慧。还有大小象棋、弈棋则是只能两个人玩的游戏，还有一些游戏玩法太复杂，会玩的人很少，唯有打马比较简单，只可惜少了一些文采。

打马的方式总共有两种：一种叫作关西马，是一将十马；另一种叫依经马，没有将，有二十马。两种玩法流行的时间较长，有各种各样的图谱与规则可作参考，只是玩法和规则各不相同。早年间，有人将两种玩法结合起来，又增加了一些凭运气的成分在其中，彻底颠覆了传统的打马游戏。因为这种玩法诞生于宣和年间，便被称作宣和马。

依经马是清照最喜欢的玩法，于是她便将其中的赏罚规则仔细研究了一番，又在每条规则的后面附上了几句话，还让子侄们将其画下来，不仅在赌博时有用，并且也很有意思。她也希望通过这一篇序言让世人知道，命辞打马这一游戏，是由李清照创立的。

难得的一丝安稳，终究还是难以换来内心真正的闲适。漂泊异乡的生活，哪怕再悠闲，也无法令清照有归属感。她多么希望南宋朝廷能尽快收复失地，只可惜，宋高宗只知道一味地对金人妥协，不是缴纳岁币，便是割地赔款，只求能让自己换来偏安一隅的安稳。南宋如此一蹶不振，怎能令清照不感到担忧：

题八咏楼

千古风流八咏楼，江山留与后人愁。

水通南国三千里，气压江城十四州。

八咏楼坐落于金华，原本叫作元畅楼，宋太宗至道年间更名为八咏楼。那一日，清照登上千古名胜八咏楼，感受着其风流倜傥的风姿，感叹着当今朝廷留给后人的，不再是登楼赏景的闲情逸致，而是国破家亡的忧愁。如此大好的河山，不知还能守住几日，也许要不了多久，便会落入金人之手。这种"江山之愁"，哪里是清照的无病呻吟？一直以来，金人都是厉兵秣马，不断地以兵力侵扰湖、湘与二浙。也许，清照所在的金华，便是最后的净土，如果南宋朝廷继续一味地贪图安稳下去，失守的将不再只是汴京、建康、杭州等地。

此时，金人已经将大股兵力撤回中原，可是，如果南宋朝廷不果断出击，收复北方失地，有着虎狼之性的金人早晚还会再打过来。清照心中焦虑，难道宋高宗就从未因此而忧愁吗？

世人皆知，由古至今，金华这块领地的重要性。这里的水路可以深入江南"三千里"，贯通平江、镇江、杭州、越州、湖州、婺州、明州、常州、台州、温州、处州、衢州、严州与秀州，如果这里失守，将会影响江南"十四州"的存亡。

清照还想到一个与晚唐诗僧贯休相关的典故：当年钱镠称吴越王时，贯休曾经以诗相贺，其中便有"满堂花醉三千客，一剑霜寒十四州"一句。到后来，钱镠意欲称帝，要贯休将诗中的"十四州"改为"四十州"，才肯接见他。贯休却以"州亦难添，诗亦难改"作为回复，之后便拂袖而去。

贯休宁肯背井离乡，去往蜀地，也不愿轻易将"十四州"改为"四十州"，可南宋朝廷呢，却那样不在意自己的领土，多么值得讽刺。

无论年华几许，清照都不肯放弃对爱国的执着。她的爱国诗篇，承载着她的民族尊严与气节。纵然当权者不热爱自己的领土，清照却不肯放弃对收复山河的执念。

一生婉约成"词宗"

那些婉约了时光的阕阕辞章，凝聚下多少温柔的瞬间。如今，岁月凉薄，仅存的意念便是于黑暗中期待一抹曙光。生逢乱世，是此生的不幸，这个世界留给心底的伤，也许只待来生才能愈合。

岁月清浅，忧愁深重，当看清现实，才发现现实是如此残忍。若是能在美丽的幻想中结束此生，该是多大的幸福？只可惜，今生已然如是，岁月不可回头。

武陵春

风住尘香花已尽，日晚倦梳头。物是人非事事休，欲语泪先流。

闻说双溪春尚好，也拟泛轻舟。只恐双溪舴艋舟，载不动许多愁。

晚春将至，风吹落花。当狂风终于停歇，春花终于开到了尽头，片片落红将地上的尘土也染上了香气，可怜花儿盛开时那样美好，凋零之后也只能零落成泥。清照一觉醒来，清晨已过，日头高高地挂在天空。起得这样晚，清照也懒得再仔细打理自己的头发。一年一度的春景，总是让她睹物思人，光是感知这个时节，便已经悲从中来。

春花依然年年盛开，今年的春日与往年没有任何不同，可是，此时的人，却不似当年那般模样，只身流落金华的清照，愈发怀念死去的明诚。她有太多太多的委屈想要对明诚倾诉，可是还没来得及开口，眼泪便已经流满脸颊。

在金华城南，有一处风景极佳之地，因为那里汇集了东港与南港之水，因此便称作"双溪"。清照早就听说，双溪一带的春色最是撩人，也曾想过到那里去泛舟赏春。然而，一想到自己尚在孤苦凄凉中漂泊无依，那一刹那的兴致也消失殆尽了。清照内心中的苦闷忧愁实在太过沉重，她担心那小小的一叶扁舟，根本承载不动她心里沉甸甸的忧愁。

绍兴四年（1134）末，金兵终于撤离临安。随着金国皇帝完颜晟病逝，金国对江南的威胁终于告一段落。绍兴五年（1135）二月，宋高宗回到临安行宫，再次过起了苟且偷安的生活，并于绍兴八年（1138），将南宋都城定在临安。

在金华居住了半年之后，清照也迁回临安居住。人到晚年，终于获得了短暂的太平，也许，这便是她的余生。

永遇乐

落日熔金，暮云合璧，人在何处。染柳烟浓，吹梅笛怨，春意知几许。元宵佳节，融和天气，次第岂无风雨。来相召、香车宝马，谢他酒朋诗侣。

中州盛日，闺门多暇，记得偏重三五。铺翠冠儿，

捻金雪柳，簇带争济楚。如今憔悴，风鬟霜鬓，怕见夜
间出去。不如向、帘儿底下，听人笑语。

那一年，清照六十六岁，正逢元宵佳节，又是一个极美
的黄昏。落日的余晖仿佛熔解的金子，一片璀璨。傍晚的云
彩呈现出一片赤红，围绕着如同碧玉般的圆月。那一刹那，
清照晃了神，竟有一种不知身在何处之感。

她的晃神，并非因为眼前绝美的黄昏之景，而是被这美
好激发了埋藏在心底的愁绪。临安城中，一派节日的繁华，
令她回忆起身在汴京时的繁华时光。一句"人何处"，便是清
照充满迷惘与痛苦的长叹。

似曾相识的美好，在清照的心间荡起波澜。浓浓的烟霭
将柳色晕染得更加深沉，一曲《梅花落》的笛音不知从何处
哀婉地飘来，不知那吹笛人是否正因梅花的凋谢而哀怨。是
啊，春意尚浅，难怪清照会泛起哀思。

如此元宵佳节，又赶上这样好的一个天气，本应畅快地
游乐一番。然而，清照却担心，是否转眼之间便会有风雨侵
袭。她早已经习惯了不安稳的人生，无法适应这突如其来的
圆满。多年来，她的日子没有一天不是在忧患中度过，暂时
的安稳依然没能让她忘记国难与家愁。

清照的弟弟李远与妹婿李擢都在朝中为官，再加上清照
的才情，在临安城中也有一些富贵人家的女子愿意与她交往。
这一日，她们也都曾乘坐着精致华美的车马来邀请清照去参
加元宵佳节的诗酒盛会，只可惜，清照有些心情低落，一一
婉言谢绝了她们的邀请。

友人的相邀令清照更加怀念在汴京的日子。那时，闺中女子总是有许多闲暇时光，尤其偏爱元宵佳节。每到元宵节的晚上，清照便会同闺中的女伴们戴上插着翠鸟羽毛的帽子，那是当时最流行的装扮，帽子上还有金线捻成的雪柳。她们打扮得漂亮整齐，去出席元宵佳节的盛会。可是如今，清照感叹自己已经成为一名面容憔悴、蓬头霜鬓的老妪，老去的不只是她的容颜，还有她的内心。因此，即便是如此热闹的一个节日，她也懒得在夜晚再出去了。

她觉得，与其自己到外面去凑热闹，因此触景伤情，不如一个人躲在帘儿底下，听一听别人的欢声笑语便好。这样，既不会让自己身处繁华内心孤寂，也能借着别人的欢声笑语重温昔日美好的旧梦。

绍兴十三年（1143），清照将明诚遗作《金石录》校勘整理完毕，进献给朝廷。从此以后，便极少再有词作问世。有人说，清照离去的那一年，是绍兴二十五年（1155），之所以没人能说出清照离世的确切日期，只因她是独自一人悄然离开了这个世界。七十余年的生命，给予了清照短暂的欢乐和漫长的孤寂，就连离开，都那样凄凉，也许，对于这个世界，她已经深深地失望。

后　记

　　第一次认识李清照，是读到那句"才下眉头，却上心头"。是怎样的一种深情与纠结，才能让一名女子写下如此直击内心深处的词句？从那时起，便刻意寻找与她有关的每一个点滴，从她的词句中去了解她的故事与人生。

　　原来，她也不是一直这样忧愁，曾经的她，也是那样活泼俏丽，也能在醉酒之后"误入藕花深处"，最终"惊起一滩鸥鹭"。她的世界，也曾经"绿肥红瘦"过，却不知怎的，渐渐蒙上了"一种相思，两处闲愁"。

　　李清照的词句，始终在温润我自己，她爱就爱得彻骨，恨就恨得坦荡，有哪一名古代女子能像她那样活得率真，那样毫不掩饰地流露出每一种情感？这样的女子，天真得令人心疼。

　　我就这样萌生了将李清照的一生记录下来的想法，并想将她的词与她的故事揉捏到一起，让人们在品读她的诗词的同时，了解到每一阕诗词背后的故事。当你读完这本书，也就读完了李清照的一生。

　　不知是否有人随着她的故事欢喜、惆怅、怜惜、哀叹，希望人们对李清照的了解越多，对她的欣赏便更增添几分。

身为一名古时女子，能够毫不矫揉造作地率性而为，用词句抨击那些道貌岸然，甚至敢大胆评价文豪苏东坡的词"极天下之工，要非本色"。这样的勇气，即便是男子，又有几人真的拥有？当经历了第二段婚姻的欺骗，她更能够面对牢狱毫不畏惧，以妻子的身份状告自己的夫君，这样的不屈服，让多少女子叹服？她的思想里，有对自由的渴望，有对尊严的追求，为了得到这两样东西，哪怕付出再大的代价也在所不惜。

也许，我对于李清照的爱，已经远远胜过了对她的词的爱，在经历了人生的大起大落之后，她依然能淡然地写出"枕上诗书闲处好，门前风景雨来佳"这样的词句，并最终安然超脱地离开这个让她饱经辛酸的世界。

她的人正如她的名，清清白白，以词为镜，照出世间真相。她的柔婉与刚毅，也终将凝聚成一阕令人敬佩的辞章。